www.tredition.de

AF196902

Roland Schunke

Bärenspuren

Erinnerungen an den Hunsrück

www.tredition.de

© 2017 Roland Schunke

Verlag: tredition GmbH, Hamburg

ISBN
Paperback: 978-3-7345-5569-5
Hardcover: 978-3-7345-5570-1
e-Book: 978-3-7345-5571-8

Printed in Germany

Mein Bär

Es soll nicht die Rede für oder von einem Bärendienst sein, der manchmal ein wohlgemeinter, für den Empfänger jedoch in vielen Fällen mit negativen Folgen behaftet ist. Zur Verdeutlichung der Redensart ‚Jemandem einen Bärendienst erweisen' sei an die Fabel *L'ours et l'amateur des jardins* (Der Bär und der Gartenfreund) von Jean de La Fontaine erinnert, worin ein Bär und ein alter Gartenfreund aus Einsamkeit eine Wohngemeinschaft gründen. Der getroffenen Rollen-vereinbarung gemäß oblag dem Bären die Jagd, also die Beschaffung von Wild, dem Gartenfreund die Pflege des Gemüsegartens. Als sich eines Tages eine Fliege auf die Stirn des im Liegestuhl schlafenden Gärtners setzte, eilte der Bär mit dem Ansinnen zu seinem Freund, die Fliege zu verjagen. Er nahm einen großen Stein, den er im Garten fand, und warf diesen auf das Insekt. Beide, Fliege und Freund überlebten die wohlgemeinte Tat nicht. Eine derart tragische Geschichte erzähle ich nicht. Der Dienst eines Bären, über den ich zu berichten wünsche, ist in jeder Hinsicht positiv und lebensbejahend. Ich könnte jetzt beginnen mit den biblischen Worten: Es begab sich zu der Zeit als ich den zweiten Geburtstag feierte. Oder ich begänne mit: Aus Erinnerungen meiner Geschwister, wobei ich nicht mehr nachvollziehen kann, welcher meiner drei verantwortlich zeichnete, trat vor kurzer Zeit aus meinem Gedächtnis die Nachricht, dass mir zum zweiten Geburtstag oder zu Weihnachten ein besonderes Geschenk überreicht wurde. Ich könnte aber auch meiner heutigen Erkenntnis entsprechend sachlich mitteilen, dass mir ein Teddy - Bär geschenkt wurde. Was ich bruchstückhaft weiß, ist, dass mir dieser wohl in meinem zweiten Lebensjahr geschenkt wurde. Wissend erinnere ich mich nicht. Weder, dass ich ihn bekommen habe, noch wann. Ob nun Weihnachten oder mein Geburtstag für den Grund der Übergabe Pate standen, soll für die weitere Geschichte nicht von Bedeutung sein. Unabhängig von allen angestellten Vermutungen kann ich folgende Tatsachen dokumentieren: Mir wurde im Alter von zwei Jahren, ein Teddy - Bär mit dem Namen Jackie geschenkt. Er saß unbeachtet, ja vergessen, in meiner Dachgeschoßwohnung auf einem Bücherregal. Vor einigen Tagen entschloss ich mich, wer mich kennt weiß, dass ich des Öfteren meine Einrichtung verändere, das Regal, auf dem er saß, an einen anderen Ort im zu Raum stellen. Ich nahm ihn vom obersten Brett. Und dann geschah es: Ich wünschte, ihn an mich zu drücken. Mir war, als hätte ich mich auf eine Reise in meine Kindheit begeben und - es fühlte sich gut an. Ich genoss diesen innigen Augenblick. Ich hielt ihn mit aus-gestreckten Armen hoch und sah in seine strahlenden Augen. Ich drückte mit beiden Daumen auf seinen Bauch, um das brummende ‚Jackie' zu hören, das er in meiner Kinderzeit leise durch sein Bärenfell summte. Vergebens, die für Geräusche eingebaute Mechanik war defekt. Ich hätte gerne noch einmal seine Stimme, seinen Namen, vernommen. Ich überlegte, ob es meinen Bären noch zu kaufen gibt. Zögerlich verwarf ich den Gedanken. Nach einem halben Jahrhundert wird es doch einen Spielkameraden gleichen Namens nicht mehr geben. Dennoch gab ich wenige Minuten später in eine Suchmaschine im Internet ein: Steiff Jackie. Und wenige Sekunden später hatte ich Gewissheit: **Steiff Jahrzehnte Teddybär Jackie 1953, Mohair, Preis 159,00 €.** Ich hätte es nicht für möglich gehalten, dass sich MEIN Bär einer solch langlebigen Bärentradition rühmen durfte. Ich gebe zu, es berührte mich. Weniger freue ich mich darüber, dass ich, auch mit größter Anstrengung, keinerlei Vorstellungen habe, mich keiner noch so kleinen Bildfetzen erinnere, dass ich oder wann ich diesen Bären zum ersten Mal zu Gesicht bekam. Hatte ich strahlende Augen als ich ihn sah, nahm ich ihn sogleich in meine Arme, nuschelte ich irgendetwas kindlich Unverständliches? Konnte ich schon etwas sprechen, vielleicht Mama, Papa? Wollte ich überhaupt etwas sagen? Dachte ich etwas oder blieb mir beim Anblick des Tierchens die Luft weg, wehrte ich mich mit meinen Händchen gegen seine Nähe, weinte ich vor Angst oder schrie ich vor Zorn? Es gibt nur eine Antwort: Ich weiß es nicht.

Was ich aber weiß ist, dass ich den Bären als kleiner Junge inniglich geliebt habe. Saß ich in der Küche unseres Hauses in meinem PAIDI - Laufstall und spielte, meine Mutter hatte vielfältige Aufgaben und somit nicht immer Sichtkontrolle zu mir halten können, saß Jackie in einer Ecke meiner Umfriedung und schaute mir zu. Ging ich des Abends nach reichlich ungewolltem Waschen zu Bett, lag er neben mir oder ich drückte ihn fest an mich. Ohne meinen Bären hätte ich nicht schlafen können, dessen bin ich mir sicher. Er war mein Gefühlspendant, mein Zuhörer, mein Freund, mein Tröster und Partner in allen Lebenslagen. Und für alle die dies in der Jetztzeit lesen: Ich hatte nur diesen EINEN. Keine Häschen, Entchen, Frösche, Kühe, Kängurus, Nashörner, manches in mehrfacher Ausführung, groß oder klein, blau, rot, weiß, rosa oder lila, einfach rufend durch Drucken, Lieder singend, wenn man an der Schnur zieht, oder eine eingenähte CD abspielend. Ich brauchte nur MEINEN TEDDY. Sicher habe ich mit ihm gesprochen, und ihm meine Erlebnisse erzählt, ihn in den Arm genommen, wenn mir nach Zärtlichkeit war und ihn gestreichelt, wenn er hinfiel. Mein Teddy schenkte mir Zärtlichkeit und gute Gefühle, die die reale Welt nicht anbot. Ich möchte meinen Eltern gegenüber nicht ungerecht sein, aber es fällt mir schwer zu erkennen, dass und wann ich jemals die Zuneigung empfing, die Eltern ihren Kindern heute im Übermaß zuteilwerden lassen. Ich denke, mein Teddy erfüllte in meinen Kindertagen die Rolle des Freudenspenders und Trösters auf vielfältige Weise. Ihm konnte ich meine Sorgen erzählen. Bei ihm durfte ich weinen. Mit ihm konnte ich lachen, fröhlich und glücklich sein, ihm konnte ich die mir zugestoßenen Ungerechtigkeiten erzählen und sicher auch meine Verfehlungen beichten. Er hörte zu und hat mich, egal in welcher Position ich mich befand, liegend, sitzend oder auf dem Kopf stehend, immer mit seinen strahlenden und verständnisvollen Augen direkt angeschaut. Ich würde gerne mit ihm sprechen. Wie war unsere Sprache, wie unser Zusammensein in meiner Kindheit? Über was haben wir gesprochen? Hat er sich äußern können, vielleicht mit einer inneren Stimme? Hatte er eine Seele? Eine, die ich ihm gab, meine innere Antwort? Ich möchte seine Sprache lernen, seinen Gedankenspeicher entziffern und erfahren, wie und was wir dachten und fühlten. Ich werde in ihn hineinhorchen und zu erfahren wünschen, wie es ihm erging, als er aus meiner Erlebniswelt austrat, als er für mehr als dreißig Jahre in der Obhut meiner Mutter verblieb. Dreißig Jahre. Wie vielen Kindern und Enkelkindern, eigenen und denen meiner Brüder, Kindern von Nachbarn diente er als zeitlich beschränkter Spielkamerad? Im Haus meiner Eltern saß er in der Küche auf der Ablage meiner Eltern Eckbank. Irgendwann setzte ihm meine Mutter eine Puppe, die sie von einer Nachbarin erhalten hatte, als Freundin zur Seite. Als meine Mutter alters- und krankheitsbedingt vor mehr als achtzehn Jahren in ein Seniorenstift zog, erhielt mein Bär eine neue Heimat in meinem damaligen Zuhause. Ich beachtete ihn nicht. Meine Frau kümmerte sich um ihn, nähte ihm neue Kleider und strickte kleine Pullover. Er saß zwischen anderen Bären und Stofftieren. War er Spielkamerad meiner Kinder? Ich weiß es nicht. Als ich vor Jahren auszog, dachte ich nicht daran, ihn mitzunehmen, ich hatte andere Sorgen und Notwendigkeiten. Wenig später wurde mir bewusst, dass er in meinem Leben fehlte. Nichts war zu jenem Zeitpunkt wichtiger, als ihn in meine Obhut zu bekommen, ihn zu schützen, ihn zu bewahren. Ich holte ihn zu mir und setzte ihn auf das Bücherregal. Ich beachtete ihn nicht weiter, aber er war, das wusste ich, immer in meiner Nähe. Seit wenigen Tagen durchdringt er die Grenze zwischen Vergrabenem und Jetztzeit und spült Vergessenes in meine Gedanken. Heute, man möge mir nachsehen, ein grauhaariger Großvater verhält sich nicht so kindlich und sentimental, legte ich mich für ein Nachmittagsschläfchen auf mein Sofa, sah meinen Teddy an und hatte das unabwendbare Verlangen ihn neben mir zu wissen. Ich schlief gut. Mehrere Stunden später wachte ich auf, die Sonne stand tief und die ersten Nachtwolken zeigten sich am Himmel. Jackie lag neben mir. Ich drückte ihn an mich und wünschte, dass er mir etwas aus seinem Leben erzählen würde, dass er sich für mich an unsere gemeinsame Zeit erinnerte. Natürlich bin ich nicht so vermessen zu glauben, ein Teddy könnte reden und sich mitteilen. Ich schloss die Augen, um einen inneren Kontakt herzustellen, so als würde ich im Wachen träumen. Dann sah ich ihn an. Seine Augen strahlten im Abendrot. Ich legte ihn, wie früher meine Kinder, auf meinen Bauch in der Überzeugung, dass ihm dies gefallen würde, so warm und nah an meinem Herzen. Ich dämmerte im Halbschlaf vor mich hin. Die Schleier zwischen Ferne und Nähe menschlichen Bewusstseins hatten sich noch nicht entschieden, sich zu verflüchtigen. Ein Ge-dankengewirr breitete Traumflügel aus. Überlegungen surrten in mir. Hat ein Teddybär Gefühle? Er ist doch nur ein Spielzeug. Empfindet er Nähe und Wärme, Ferne und Kälte ebenso wie wir Menschen? Oder ist er unempfindlich für kindliche Sentimentalitäten? Seine Seele muss eine andere sein. „Was fühltest du, als ich mich nicht mehr mit dir beschäftigte?", hörte ich mich fragen. „Warst du traurig?" Keine Antwort. Warten. Habe Geduld. „Hm, entgegnete es mir. Du hast mich geweckt?" Seine Stimme klang ruhig und sanft. „Es tut mir leid, wenn ich dich geweckt habe. Wir hatten uns etwas hingelegt." „Davon weiß ich nichts." „Aber du sagtest doch, dass ich dich geweckt hätte." „Ja schon, aber du hast mich aus einem langen Winterschlaf geholt. Zuletzt spielte ich mit deinem Sohn, als er vier Jahre alt war." Das war vor mehr als zwanzig Jahren. Ich begriff die zeitliche Verschiebung nicht. Ich wusste mit der Antwort nichts anzufangen. „Wie meinst du das, Winterschlaf? Mein Sohn ist heute fast dreißig Jahre alt. Seitdem sind viele Jahre vergangen. Was war in der Zwischenzeit?" „Weiß nicht. Und was bedeutet das Wort ‚Jahre'?" Ich verstand die Frage nicht. Wollte er mir ‚einen Bären aufbinden'? „Ein Jahr dauert 12 Monate, eine Zeitdauer, eine Periode." „Wir Bären kennen solche Begriffe nicht." Sollte er kein Zeitgefühl haben? Niemand lebt ohne Zeit. Jeder wird geboren, lebt Tage, Monate, Jahre. „Aber", zögerte ich, „du hast doch auch jedes Jahr Geburtstag, das ist der Tag, an dem jeder Mensch ein Jahr älter wird." Da lachte er lauthals. „Hi, hi, ihr Menschenkinder seid ein lustiges Völkchen. Ich bin ein Bär, kein Mensch. Ich bin ein Teddybär, den irgendeine Fabrik, irgendwelche Menschen produziert haben. Zeit, Jahre, Geburtstage, das gibt es für uns nicht." Ich muss ein bedrücktes Gesicht gemacht haben. Er fügte fürsorglich hinzu. „Hast du das nicht gewusst? Bist du traurig?" „Nein." In die feine Niedergeschlagenheit mischte sich sogleich Hoffnung. Hatte er ‚traurig' gesagt? Wenn er dieses Wort kannte, muss er Gefühle haben, schoss es mir durch den Kopf. „Du kannst traurig sein? Dann musst du auch glücklich sein können! Du hast Gefühle wie ein Mensch."

„Wie ein BÄR.", lachte er schon wieder. „Wo liegt der Unterschied?", merkte ich an. „Traurig, glücklich, Mensch, Bär." „Im Gegensatz zu euch Menschen haben wir keine eigenen Stimmungen, wir passen uns nur an. Wir agieren nicht, wir reagieren." Irgendeine Regung weckte mich. Ich lag in Starre. Unbeweglich, innerlich schwankend, entließ mich die Traumlandschaft ins Wirkliche. Taumelnd stand ich auf, vergewisserte mich in Zeit und Raum. Ich war zu Hause. Es war Abend. Ich träumte ein Gespräch mit meinem Bären. Teddy? Ach ja, ich hatte mich hingelegt, hatte meinen Teddy auf meinen Bauch gelegt. Wo ist er? Zum Sofa hin drehte ich meinen Kopf. Neben meinen Hausschuhen lag er auf dem Boden, er musste vom Sofa gefallen sein. Ich hob ihn auf und setzte ihn auf seinen Platz auf dem Regal neben der Tür. Dann fiel mir wieder ein, was ich geträumt hatte. Bären leben ohne Zeit. Sie passen sich an. Was hatten die mir eingepressten Gedanken für einen Sinn? Ein Teddybär empfindet nichts, grundsätzlich. Nicht Wärme, nicht Kälte, nicht Ferne, nicht Nähe. Weder Trauer, noch Freude. Es scheint, er sollte sein Dasein nur zu bestimmten Zeiten erleben dürfen. Er ist eine Erscheinung auf Zeit, auch wenn er sich der Zeitdauer nicht bewusst sein kann. So habe ich ihn verstanden, als er fragte, was Zeit sei. Das heißt, dass er nur als Bär existent ist, wenn er seine Teddy-Aufgabe erfüllt. Ansonsten, weggelegt in einer Spielkiste, versteckt in einem Schrank, auf dem Dachboden oder auf einem Regal im Keller, schlummert er. Es ist aber auch kein Schlafen, denn dann müsste er ja träumen und sich an die Träume erinnern können. Ein Wachkoma schließe ich auch aus. Es muss eine Art totstellen sein, ein Verharren im Nichts, unfähig zu allem anderen. Verharren, Ausharren, unbewusst und abwesend. Der Skarabäus, ein von den Ägyptern wegen seines wenige Stunden dauernden Lebens verherrlichter Käfer, welcher im Uferschlamm des Nils schlummert, bis das nach dem Hochwasser vom Ufer zurückfließende Wasser den Flusssaum freigibt, der sich in warmer Sonne wie durch ein Wunder aus dem Erdreich wühlt, sich aufrichtet und strahlend schön in die Lüfte erhebt, verharrt wartend auf das Zeichen seiner Existenzwerdung. Das Leben eines Bären ist ein noch größeres Wunder. Im Gegensatz zum Skarabäus, der jeweils als ein neues Exemplar aus dem Nilschlamm in den Himmel schwebt, ist es stets derselbe Bär, der nach dem Verharren im Wartesaal der Kuscheltiere seine Pflicht erfüllt im Dienste der ihm zugewiesenen Schutzbefohlenen. Während der ägyp-tische Käfer nur wenige Stunden nach seinem Jungfernflug seiner Lebensaufgabe entledigt ist und stirbt, gleitet der Bär nach Beendigung seines kürzeren oder längeren Kuscheltier-Dienstes in einen erneuten Dämmerzustand im Bären-Wartesaal und verbleibt dort, bis man sich seiner erneut erinnert. Er kommt, er geht, hin und her, in einer unendlich wiederkehrenden, mystischen Folge. Haben Bären etwas Göttliches, weil sie einer immerwährenden Auferstehung fähig sind? Sie entfalten in den Phasen ihrer Auferstehung, ihres Gebrauchtwerdens, ihrer Bestimmung selbstlos und aufopfernd all ihre Größe, ihre Lebenszuversicht und ihre bedingungslose Anteilnahme. „Das hast du aber schön gesagt." „Du sprichst ja wirklich mit mir. Ich dachte, ich hätte geträumt." „Du hast nicht geträumt. Ich bin wieder ganz nah bei dir."

Der Sänger

„Erinnerst du dich noch daran, als du auf dem Stuhl stehen musstest?" Ich las gerade in der Tageszeitung eine Abhandlung zu Albert Camus, der vor fünfzig Jahren bei einem Autounfall verstarb, der zu Freunden gesagt haben soll, es gebe nichts Absurderes, als bei einem Autounfall ums Leben zu kommen, der mich mit seinem Erstlingswerk L'étranger vor mehr als dreißig Jahren begeisterte und der mich die im Raum tönende Frage überhören ließ. „HALLO!", vernahm ich erneut. Meiner Gedankeneinsamkeit entronnen, schaute ich zu Jackie. „Hast du mit mir gesprochen?" „Ist noch jemand hier?" bellte er spritzig heraus. „Sollen wir mal unter dem Bett nachschauen, vielleicht in der Gefriertruhe oder im Kleiderschrank…". Weiter kam er nicht, dachte ich, denn ich hielt ihm den Mund zu. „Putzmunter tönte es weiter: „Meinst du wirklich, du könntest mich am Reden hindern, du Schlaumeier?" Ich nahm die Hand von seinem Gesicht und kam mir dabei vor, wie ein beim Mogeln Ertappter. Niemandem darf man das erzählen. Weder, dass mein Bär spricht, noch dass es sich anhört, als wäre er ein Bauchredner. „Was ist ein Bauchredner?" „Was ist ein Bauchredner? Eine gute Frage. Bauchredner benutzen ihre Stimmbänder zur Erzeugung von Worten. Die Luft hierzu kommt, wie beim normalen Sprechen, aus der Lunge." „Und was ist das Besondere daran?" „Wir bilden die Worte, die einzelnen Buchstaben mit unseren Lippen oder mit dem Gaumen." „Aha. Und ein Bauchredner?" „Bei einem guten Bauchredner bewegen sich die Lippen und der Mund nicht oder nur ganz wenig." „Was ist denn so schwierig daran?" „Die Bildung von Worten, die mit Lippenlauten wie b, f, m, p, v, w beginnen sind am schwierigsten zu erlernen. Einfacher sind alle anderen Buchstaben wie a, e, o. Diese werden Kieferlaute genannt. Hierzu bedarf es der Benutzung der Lippen nicht. Das Üben vor einem Spiegel ist sehr amüsant." „Dann bin ich der perfekte Bauchredner." „So?" „Ich bewege weder Mund noch Lippen und spreche doch." „Du bist kein Bauchredner. So dumpf wie es bei dir klingt, bist du ein aus dem hohlen Bauch Redender." „Du bist ganz schön frech heute." „Ist ja schon gut. Aber erklär mir mal bitte Folgendes: Zum Einen hast du keinen Zeitbegriff, zum Anderen wirst du doch, nach deinen eigenen Worten, nur aktiv, wenn ich dich anspreche oder anfasse. Also?" „Gut beobachtet. Aber..." „Bären kennen ein Aber? Im Prinzip ja oder wenn nicht, dann nein, sonst ja?" „Sollen wir uns jetzt auf diesem Niveau weiterunterhalten? Du hast Recht. Wir Bären werden nur aktiv, wenn wir von dem Kind, dem wir geschenkt wurden, angerufen werden." „Ich bin kein Kind mehr. Da sind schon ein paar Jahre her." „Jetzt drehen wir uns im Kreis. ‚Jahre' kenne ich nicht. Du wirst immer mein Schutzbefohlener sein, gleich welchen Alters. Du merkst, ich habe etwas dazu gelernt: Ich weiß, dass ihr Menschenkinder älter werdet, ohne allerdings zu wissen, wozu das gut sein soll." „Es ist, wie es ist: Unser Leben. Aber wir waren doch bei der Frage, warum du mich angesprochen hast, obwohl ich mich nicht an dich gewandt habe." „Das ist ganz einfach. Wenn du mich rufst oder mich zu dir nimmst, schaltet sich mein Erinnerungsmodul an. Zur Energieeinsparung schalten sich die Memory-Chips aus, wenn keine Impulse gesendet werden." „Dann stehst du jetzt auf Standby. Wie mein Rücklicht am Fahrrad." „Was meinst du?" „Wenn ich an meinem Fahrrad mit eingeschaltetem Licht fahre und ich halte an, dann brennt das Rücklicht aus Sicherheitsgründen noch einige Zeit weiter." „Wenn du das sagst!" „Wie war nochmal deine

Frage?" „Ob du dich daran erinnerst, als du auf dem Stuhl standest?" „Wenn wir Dasselbe meinen: Auf dem Stuhl stehen und singen?" „Ja, das meine ich." „Wie kommt es, dass du dich daran erinnerst und warum sprichst du das an?" „War es nicht dein Wunsch, mit mir über Momente in deinem Leben sprechen zu können?" „Dann lass mich mal überlegen." „Mach das." Wir setzten uns beide in meinen Lesesessel. Jackie hielt ich mit einer Hand, seitlich neben mir sitzend, fest. Als ich meinen Mund öffnen wollte, um mit der Erzählung zu beginnen, unterbrach er mich. „Du musst nichts sagen. So wie ich rede, höre ich auch: Mit meinem inneren Ohr." „Das mag ja sein, aber wir Menschen reden eben gern. Als du mir zu Weihnachten 1955 geschenkt wurdest, aber auch noch einige Jahre später, war die Welt in meinem kleinen Hunsrückdorf, dessen Name vom keltischen Wort ‚SIMERA‘ herrührt, was übersetzt Wasser heißt, zehn Jahre nach dem Zweiten Weltkrieg, eine einfache. Bauern und Handwerker. Schreiner, Zimmerleute, Dach-decker, Bäcker, Metzger. UND: Zwei Kolonialwaren-läden! In diesen Geschäften lachten uns Kindern bunte Bonbons in übergroßen Glasbehältern entgegen. Diese Behältnisse hatten einen quadratischen Boden, dessen Querschnitt sich nach oben hin vergrößerte, so dass sie, auf einem Seitenteil liegend, mit ihrer am oberen Teil des Gefäßes befindlichen runden Öffnung, mit einem Glasdeckel verschlossen, schräg nach oben ausgerichtet waren und Zuckerbonbons für einen Pfennig das Stück feilboten. „Du schreibst das so, als hättest du als Knirps täglich vor den Bonbons gestanden." „Mein Bärchen meldet sich. Was weißt du denn darüber?" „Allein durftest du mit fünf Jahren noch nicht ins Dorf gehen. Manchmal nahm dich deine Mutter oder dein ältester Bruder mit." Mein Bär hatte Recht, die in der gläsernen Auslage schimmernden Zucker- Köstlichkeiten waren auf meinem Speiseplan eine absolute Rarität, sodass mir in der Rückschau immer noch das Wasser im Mund zusammenläuft. Unser Leben war einfach und auskömmlich. Nach heutiger Sicht lebten wir in einer ländliche Idylle. Gemüse und Obst aus dem eigenen Garten, Eier von glücklich freilaufenden Hühnern, Fleisch von mit Schroth, gekochten Kartoffeln und Löwenzahn gefütterten, selbst gezogenen Stallhäschen, Wurst und Schinken von eigenen Schweinen und täglich frische Ziegenmilch, aus der meine Mutter auch Butter und Quark herstellte. Unsere letzte Ziege hieß Lore. „Stimmt nicht.", brummelte es neben mir. „Liesel hieß eure letzte Ziege." „Stimmt." Ich sehe sie vor mir. Sie glänzte immer schneeweiß, weil ich sie jeden Tag mit einer Bürste striegelte und mein Vater peinlichst darauf achtete, dass ihr Stall täglich gesäubert wurde und Liesel auf frischem Heu liegen konnte. Zudem wurden die Stallwände zum Schutz vor Schädlingen zweimal im Jahr mit gelöschtem Kalk gestrichen. Liesel war ein stolzes Tier." „Sie war für dich mehr als ein Nutztier. Du bist doch mit ihr auch spazieren gegangen." „Ich bin mit ihr auf die an unser Haus angrenzenden Wiesen gelaufen. Da durfte sie fressen, was ihr schmeckte." In einem alten Fotoalbum sehe ich uns beide im hohen Gras. Meine Mutter fotografierte uns. „Als Liesel keine Milch mehr gab, sind bei dir die Tränen geflossen. Weißt du noch?"" „Du meinst, als ich sie auf ihrem letzten Gang begleitete? Warum erinnerst du mich nur daran?" „Es gehört zu deinem Leben. Soll ich erzählen?" „Ja, das wäre mir Recht." „Eure Liesel gab jeden Tag bis zu fünf Liter Milch. Mit einer Zentrifuge trennte deine Mutter den Rahm, woraus sie Butter stampfte." „An die Zentrifuge erinnere ich mich noch genau. Sie sah aus wie eine Schüssel mit Deckel, in welchem eine Kurbel eingesetzt war. Die Schüssel war am Boden auf einem größeren Unterteller befestigt. Am Rand war eine Rinne eingearbeitet, in die durch Löcher in der Schüsselwand der Rahm ablaufen konnte. Die Milch wurde eingefüllt und an der Kurbel gedreht." „Die Butter wurde aus dem Rahm in einem hölzernen Butterfass gestampft. Weißt du noch, wie das Fass aussah?" „Klar doch. Ich habe meiner Mutter oft geholfen. Das Holzfässchen dürfte einen Durchmesser von zwanzig Zentimetern gehabt haben. Ein Holzdeckel, mittig mit einem Loch versehen, schloss das Butterfass ab. Durch dieses Loch führte eine Holzstange, an dessen Ende ein runder Holzteller befestigt war.

Mit diesem Stampfer wurde der Rahm so lange bearbeitet, bis er zu Butter wurde." „Mit der entstandenen Magermilch hat deine Mutter Sauermilch, Quark und Käse hergestellt. Der Käse schmeckte deinem Großvater immer sehr gut." „Ich weiß. Heute würde man Bauernkäse dazu sagen. Im Prinzip ein ganz einfaches Rezept. Der Quark wurde mit Salz und Kümmel gewürzt. Aus der Masse formte meine Mutter Käsekugeln. Sie sahen aus wie Frikadellen. Was meinst du?" „Etwas länglicher und flacher."

„Die Käsefrikadellen legte sie in einen tönernen Topf und verschloss ihn mit Butterbrotpapier und Einmachgummi und stellte ihn auf den Schrank." „Du hast etwas vergessen. Sie beträufelte den Käse jeden Tag mit Essigwasser. Und nach einer Woche durfte dein Vater die erste Kostprobe nehmen." „Und mein Großvater erklärte mir einst, dass der Käse reif sei, wenn er von alleine anfinge zu laufen." „Wolltest du nicht von unserer letzten Ziege erzählen?" „Ja, mach ich. Liesel wurde älter, der Milchertrag ging zurück. Eine traurige Wahrheit: Dein Vater entschied, dass das Tierchen geschlachtet werden müsse. Der Metzger im Ort sollte daraus Salami herstellen. Dein Vater wollte Liesel nicht selbst zur Schlachtbank führen. Dir wurde, weil andere Familienmitglieder nicht verfügbar waren, die Aufgabe zuteil, das ältliche Tierchen zum Metzger zu bringen. Durch das halbe Dorf musstest du die schneeweiße Ziege, an einem Hanfseil, das um ihren Hals gebunden war, zur Metzgerei führen. Auf dem Heimweg kamen dir die Tränen, der Verlust schmerzte sehr." „Ich habe auch nie verstanden, warum ich das erledigen musste." „Ganz einfach: Dein Vater war zu feige. Ihm wäre es wie dir ergangen." „Nun aber zu dem Thema, das du zu Anfang in den Raum gestellt hast." „Du meinst, deine Auftritte?" Ich konnte als kleiner Junge schon sehr gut singen, ich hatte eine glockenreine Stimme und soll – so erzählten mir meine Brüder – die Melodien richtig und sauber intoniert haben. Gelegenheiten, meine Sangeskünste öffentlich vorzu-tragen, boten sich aufgrund meines Vaters Freundes-kreis an den Wochenenden reichlich. Zwei befreundete Ehepaare aus meines Vaters beruflichem Umfeld nötigten uns alle zwei Wochen an den Sonntagnach-mittagen ihre Anwesenheit auf. Pünktlich zur Kaffeezeit hielt ein Fahrzeug mit fremdem Kennzeichen vor unserem Haus. Nach kurzer Begrüßung und einer längeren Phase reichlichen Kaffee- und Kuchen-genusses durfte ich für den Nachtisch sorgen. Kurzerhand wurde ein Stuhl in die Mitte des Raumes gestellt, auf den mich mein Vater hob. Auf meiner kleinen Bretterbühne stehend, trug ich mein damaliges Liedgut vor. Jackie, weißt du, welche Lieder ich gesungen habe? „Was?", tönte es schlaftrunken an meiner Seite. „Nickerchen gemacht, du Bär?" „Ich

lauschte deiner Erzählung und schwelgte in Erinnerungen. Dennoch habe ich deine Frage verstanden. Natürlich hast du ‚Fuchs, du hast die Gans gestohlen' und ‚Der Jäger aus Kurpfalz' gesungen. Ich glaube auch, dass du das Lied vom Schinderhannes gesungen hast, weil 1958 auf Schloss Dhaun ein Film mit Curd Jürgens und Maria Schell gedreht wurde. Das war ein Jahrhundertereignis. Auf deinem Stuhl hast du, mit funkelnden Augen, den Refrain vorgetragen. *Ich bin der Schinderhannes, der Lumpehund der Galgestrick, der Schrecken jeden Mannes und auch der Weiber Glück.* Der letzte Halbsatz hat stets für reichlich Freude gesorgt. Aber deinen besten Auftritt hattest du mit dem Rumpelstilzchen."
„Stimmt, im Kindergarten führten wir das Märchen der Brüder Grimm auf und ich durfte das Rumpelstilzchen darstellen." „Ja, weil du so gut singen konntest." „Der Text ist mir heute noch geläufig. *Heute back ich, morgen brau ich, übermorgen hol ich der Königin ihr Kind, ach, wie gut, dass niemand weiß, dass ich Rumpelstilzchen heiß.*" „Dabei hast du einen schauerlichen Tanz vollführt und mit deinem rechten Fuß wie ein Wilder auf den Fußboden gestampft." Im Kindergarten hatten wir großen Erfolg. Auf einem Foto in meiner Kindergartenmappe sitzt meine Spielpartnerin an einem Spinnrad, ich stehe neben ihr mit angeklebtem Bart. Ich kenne ihren Namen nicht mehr, aber sie starb ein paar Jahre später an Leukämie. „Wir kommen immer wieder vom Thema ab."

„Jackie, so ist das, wenn man in seinen Erinnerungen kramt. Eine Seite im großen Buch des Vergangenen wird aufgeschlagen, und es fallen einem tausendfach erlebte Momente in den Schoss." Zunächst verstand ich die sonntäglichen Auftritte als Auszeichnung meiner künstlerischen Begabung. Einen halben Sommer lang genoss ich es, im Mittelpunkt zu stehen. Dann allerdings leuchtete mir nicht mehr ein, warum ich für die aus der Stadt Angereisten, meine Brüder und ich nannten die Damen ‚die Parfümierten', stets den Affen machen sollte. Zaghafte, meinem Vater gegenüber geäußerte Ablehnungsversuche, wurden als unzulässig verworfen. ‚Du singst." Das war ein Befehl. Im Grunde sah ich keine Chance, diesem anfänglich mit Freude empfundenen Ereignis, dieser später von mir als erniedrigend eingestuften Tortur, zu entgehen. Eine List sollte Abhilfe schaffen. Ich hatte folgenden Plan. „Wir haben das gemeinsam geplant" meldete sich Jackie. „Ok, wir planten gemeinsam." Sobald wir mitbekamen, dass der städtische Besuch zu befürchten war, nahm ich Jackie unter den Arm und trollte mich in den an unser Haus angrenzenden Wald, denn wer nicht anwesend war, musste nicht singen. Ich beobachtete, „WIR", wir beobachteten die Ankunft der Gäste und, weitaus wichtiger, die Abfahrt der um den Genuss meines Gesanges Gebrachten. Ein Stück erwachsener geworden, musste ich nicht mehr für unsere Sonntagsgäste singen.

Die Schildkröte

„Du?" klang es spät nachts langtönend an mein Ohr. Die Mitternachtsmüdigkeit lastete schwer auf mir. Frische Träume, wachschlafend, bemächtigten sich meiner. Ein erneutes forderndes „Du?" verlangte eine Antwort. Wir, Jackie und ich lagen bereits im Bett. Um ihm nahe sein zu können, hatte ich ihm in einer Ecke meines Bettes eine kleine Liegestatt eingerichtet. Auf ein Kissen legte ich ihn allabendlich und wärmte ihn mit einer zusammengelegten Decke. Aufgeklärt denkend, sollte mir solch ein Handeln fremd sein, denn Bären schlafen und frieren nicht. Man mag es für sonderlich erachten, mich vielleicht auch für verrückt halten, mir scheint solches Tun durchaus angemessen. Seit er mit mir kommuniziert, dies sich aber nicht an einem bestimmten Rhythmus orientiert, vielleicht täglich oder einmal in der Woche, morgens, abends, sondern unregelmäßig und oft zur Unzeit, meint er mich mit seinen Erinnerungen zu erfreuen, halte ich es aus Höflichkeit ihm gegenüber und aus Eigeninteresse, mir war ja nach Gesprächen mit ihm, und erst aus diesem Grund fand ein Kontakt in Seelen – Verwandtschaft statt, für eine erforderliche Geste, ihn, meinen Bären, neben mir zu betten. Ich gestehe: Ich möchte ihm nahe sein und ihn behüten. Er ist wieder ein Teil meines Selbst. Ich möchte ja auch nicht frieren. „Hm?" erwiderte ich sein Anklopfen mit einer Kurzform, die ausgeschmückt durchaus eine alltagstaugliche Fragestellung ersetzen könnte. „Ja Jackie, was ist?" oder „Fehlt dir etwas?", „Kann ich etwas für dich tun?" Ein kleiner Einschub sei erlaubt. Die komplexe deutsche Sprache wird im pfälzischen Dialekt gerne auf ein Wort - Mindestmaß gekürzt. Das Wörtchen ‚Hä?" dient z.B. der Umschreibung folgender Langform: „Würden Sie das bitte noch einmal wiederholen?" „Hm?" wiederholte ich meine gedankliche Erreichbarkeit. „Weißt du, dass du eine Schildkröte hattest?" „Eine Schildkröte?" „Sie wurde dir von einem Nachbarn geschenkt." „Interessant. Wie kommst du auf diese Begebenheit?" „Du warst damals betrübt und hast, obwohl du schon dem Kleinkindalter entwachsen warst, mir deine Traurigkeit mitgeteilt." Ich hatte also eine Schildkröte. Ja, Jackie hatte Recht. Jemand aus der Nachbarschaft schenkte sie mir, ein Mitbringsel von einem Auslandsaufenthalt. Heute wäre dies aus rechtlichen Gründen nicht denkbar, da Arten-schutzabkommen und Tierschutzverbände berechtigterweise intervenieren würden. Ich hatte eine Schildkröte. Aus Ägypten brachte ein Nachbar mehrere Exemplare mit und neben seinen Kindern wurden auch einige Nachbarskinder, darunter ich, beglückt. Ich gab ihr in Erinnerung an unsere letzte Ziege den

Namen Liesel und hatte diesen zur Eigentumsdokumentation, mich zuvor eindringlich vergewissernd, dass mein Ansinnen schmerzfrei auszuführen sei, mit einem kleinen Messer in ihren Panzer geritzt. Sie wuchs prächtig. Unser Garten bot ihr jede angenehme Köstlichkeit, auch die auf ihrer Speisekarte ganz oben stehenden frischen Blätter grünen Salats. Davon konnte sie nicht genug bekommen. Diese verteidigte sie. Kam man ihr zu nah, zog sie ihren Kopf ein, und preschte mit all ihrer Kraft gegen den Angreifer vor. Ein köstliches Bild bot sich, wenn sie ihr Köpfchen im Panzer verbarg, ihr Vorderteil nach unten Richtung Boden bewegte und ihr Hinterteil anhob. Die Angriffsstellung könnte einem Stier in der Arena Ehre gemacht haben. Da ich mich täglich mit ihr beschäftigte, wurde sie, soweit dies bei einem solchen Tierchen, das doch zutiefst in seinen Instinkten verhaftet ist, zutraulich. Anfänglich verbarg sie ihre beweglichen Körperteile in ihrem Panzer, wenn ich sie vom Boden hob. Das legte sich bald. Ich pfiff eine Melodie oder summte „Schneeflöckchen, Weißröckchen" und schon streckte sie ihr Köpfchen hervor. Später ließ sie sich sogar an Kopf und Hals streicheln. An warmen Sommertagen genoss sie die Wärme der Sonne. Wurde es ihr zu heiß, versteckte sie sich unter einer Schatten spendenden Hecke. Obwohl sie nur eine Körperlänge von fünfzehn Zentimetern hatte und sich, zumindest sah es so aus, lediglich mühsam und langsam fortbewegte, kannte ihr Drang, neues Gelände zu erobern, keine Grenzen. Da unser Haus von Mauern und Zäunen umgeben war, dachte ich, ein Entweichen sei unmöglich. Allerdings war mir nicht bewusst, dass mein Vater an zwei Stellen im Mauerwerk Ausgänge für unsere Katzen aussparen ließ. „Hör mir auf mit den Katzen.", meldete sich Jackie. „Wie kommst du jetzt auf unsere Katzen?" „An die Pits und Pats und Peterles und Munnis habe ich nur schlechte Erfahrungen". „Wie das?" „Wenn diesen Kratzbürsten langweilig wurde, fiel ich ihnen ein. Was glaubst du, wie die mich mit ihren Krallen festgehalten haben. Ich kam mir vor wie eine Maus." „Das tut mir Leid. War es so schlimm?" "Manchmal schliefen sie mit mir in einem Korb. Das war angenehm warm, aber wenn sie ihre Spielchen mit mir trieben, ich sage dir, kein Vergnügen." „Vielleicht können wir später noch einmal darauf zurückkommen." „Ich wollte nur in Erinnerung rufen, wie mir damals geschah." Jackie hatte natürlich Recht, die Ahnenreihe unserer Katzen war unendlich. „Du kannst ja von Pit, dem roten Kater berichten. Der war mir der Liebste." Pit hat mich mein ganzes Kinderleben begleitet. Er war ein schöner rothaariger Kater, der im Gegensatz zu unseren anderen Katzen ein zwar leidvolles aber langes Leben hatte. Da wir an der Durchgangsstraße nach

Seesbach wohnten, fanden viele unserer Kätzchen auf der Land-straße ein kurzes Ende. Auch Pit wurde eines Tages angefahren. Ein Nachbarskind fand ihn im Straßengraben. Zuerst glaub-ten wir, auch er sei tot. Ich nahm einen kleinen Spiegel und hielt ihm diesen vor die Nase. Pit lebte. Ich trug ihn nach Hause und legte ihn in ein mit einer kleinen Decke gepolstertes Körbchen. Es stand neben meinem Bett. Ich wollte bei ihm sein, wenn er aufwacht. Ich glaube, meine Nähe und meine Ansprachen taten ihm gut. „Und deine Gebete." „Du musst nicht alles verraten." „So war es aber." Ich stellte ein kleines Schälchen mit frischer Milch vor seinen Mund. Er lag auf der Seite und bewegte sich nicht. Meine Mutter brachte mir eine Pipette. Damit träufelte ich ihm etwas Flüssigkeit in den Rachen. Nach wenigen Tagen wachte ich nachts auf und hörte Pit schnurren. Von diesem Tag an waren wir zwei unzer-trennlich. Meine Brüder nannten mich den ‚Katzenvater', weil ich jede freie Minute mit ihm verbrachte. Dann ereilte ihn das Schick-sal seiner Vorgänger. Ein Lastwagen streifte ihn. Jede Hilfe kam zu spät. Ich hob in unserem Garten eine kleine Grube aus, legte ihn hinein, deckte ihn mit Laub und Erde zu. Aus Dachlatten zim-merte ich ihm ein kleines Holzkreuz. Dabei rutsche die große Säge ab und schnitt tief in meinen linken Zeigefinger. Eine Narbe, die mich mein ganzes Leben an ihn erinnern wird. „Dein Vater musste dich zum Arzt fahren und du wurdest zweimal genäht."

So viel zu unseren Katzen. Liesel entdeckte eines Tages die Schlupflöcher und nutzte sie für ihre raumsuchende Neugier. Sah ich sie nicht mehr an ihrem gewohnten Platz, suchte ich den ganzen Garten ab. Meist fand ich sie in einer anderen Ecke unter Sträuchern. Wenn nicht, dann wurden die Hausbewohner aufgescheucht. Als ich sie einmal vor der das Haus umgrenzenden Mauer wandern sah, wurden alle Austrittslöcher, Katzen hin oder her, mit Steinen verschlossen. Dennoch gelang es ihr, man möge es kaum für möglich halten, die Hindernisse zur Freiheit beiseite zu schieben. Entweder entdeckte ich sie dann außerhalb der Einfriedung oder ein Beobachter aus der Nachbarschaft erfüllte Hilfsdienste und brachte sie mir zurück. Einmal aber half keine Aufmerksamkeit. Tagelanges Suchen in angrenzen-den Wegrainen und in fremden Gärten brachte die betrübliche Gewissheit, dass meine Schildkröte für immer verschwunden war. Natürliche Feinde hatte sie nicht. Auch beruhigte ich mich zunächst damit, dass sie in der warmen Jahreszeit, zum Zeitpunkt ihrer Auswanderung stand der Herbst vor der Tür, genügend Nahrung und Wärme zum Überleben finden würde. Sorgen bereitete mir jedoch der nahende Winter. Schildkröten halten Winterschlaf! Sobald die Thermometersäule unangenehme kühlere Werte anzeigt, verlangsamt sich ihr Fortbewegungsdrang. Ich legte einen großen Schuhkarton mit Heu aus und setzte Liesel hinein. Auf kühlem

Lehmboden im elterlichen Keller überwinterte sie. Diesen Überlebensdienst konnte ich ihr nicht mehr bieten. Völlig allein wähnte ich sie der Eiszeit entgegen wandern. Ein schrecklicher Gedanke beherrschte mich: Liesel wird im Winter sterben. Trauer und Freude, Betrübtheit und Frohsinn sind der Kinder Lebensübungen. Die tieftraurigen Gedanken glitten ins Verborgene, die kindliche Unbeschwertheit siegte für zukünftige Erfahrungen. Im nächsten Jahr dorrte schon im Juni das geschnittene Gras, die Feldfrüchte wuchsen prächtig und unserer mittäglichen Lieblingsbe-schäftigung, neben der, Fußball zu spielen, wurde unsere freie Zeit eingeräumt. Wir genossen das Tollen an der Schwimmstätte unseres Dorfes, dem im Hunsrück entspringenden und am südlichen Ende unseres Ortes in die Nahe mündenden Kellenbachs. In dem durch grüne Wiesenlandschaften begrenzten Flusslauf, in flachem Wasser, paddelten wir auf mehrfach geflickten Autoschläuchen in der Flussmitte, gewässerabwärts. Wer schwimmen konnte, zog die vom Wasserstrom ausgewaschenen tiefgängigen Biegungen ihrer größeren Tiefe wegen vor. Die Ortsverantwortlichen hatten durch Einbringen von geflochtenem Reisig und deren Verankerung im Flussboden den Kellenbach darin gehindert, mit allzu großer Geschwindigkeit dem Tal zuzustreben. Das unbedeutende Flüsschen gebärdete sich am Ende des

Winters, zur Schneeschmelze, wie ein mächtiger bösartiger Wellengott. „Wenn ich deinen Worten lausche, könnte ich den Eindruck gewinnen, du und deine Freunde hätten sich nur den Sommerfreuden am Wasser hingegeben." „Wie meinst du das?" „Ich meine, dass du in deiner Kinderzeit nicht nur deinen Badefreuden nachgehen konntest." „Ich weiß." „Und warum tust du dann so?" „Weil ich mich gerne an die schönen Stunden erinnere." Jackie hat natürlich wieder einmal Recht. „Eben." Selbstverständlich soll nicht der Eindruck entstehen, als hätte ich während meiner Kindheit keine familiären Pflichten erfüllen müssen. Sobald die Frühlingssonne ihre warmen Strahlen in unseren Garten sendete, heute würde dieser mit dem BIO - Gütesiegel bedacht werden und der Zivilisation entflohener Selbstversorger zur Ehre gereichen, diktierte das Erwachen und Gedeihen der Natur unseren Tageslauf. Mitte März gruben mein Vater und meine Brüder den Gartenboden um und bereiteten ihn mit einem Eisenrechen für die Gemüseaussaat und die zu setzenden Kartoffeln vor. „Du hast aber nicht umgraben müssen." „Nein, ich hatte andere Aufgaben." Die Gemüsebeete folgten strengen landschafts-architek-tonischen Regeln. Eine zehn Meter lange Schnur, an deren Enden jeweils ein Holzpflock mit einer Länge von dreißig Zentimetern befestigt war, diente als Richtschnur. Meine Aufgabe war es, mit einem Zollstock, ein im Handwerk üblichen Zwei-Meter-Maß, die

Breite der anzulegenden Beete an einer Ecke im Boden zu markie-
ren, einen Pflock einzuschlagen, die auf dem zweiten Holz aufge-
wickelte Schnur abzurollen und am vorgesehenen Beetende die
zweite Markierung zu setzen. Zwischen den Beeten gewährte die
Raum-ordnung Platz für einen dreißig Zentimeter breiten Fuß-
weg. Die Breite der Pflanzbeete bestimmte sich nach der einge-
planten Gemüsesorte. Den Kohlarten, Wirsing-, Blumen-, Rosen-
und Weißkohl gewährte mein Vater eine Breite von einem Meter
und fünfzig Zentimetern, Karotten und Zwiebeln, beide aus öko-
logischen Gründen in einem Beet vorgesehen, denn die jeweiligen
Schädlinge können im wahrsten Sinne des Wortes die Ausdüns-
tung der anderen Pflanze nicht riechen, erhielten einen Meter
Breite. Den Stangenbohnen genügte ein knapper Meter. Die Bohnen sahen nicht aus wie Stangen, die Namensgebung rührte da-
her, dass die zu setzenden Bohnen um von den Ästen gesäuber-
ten, ausgedienten Weihnachtsbäumen wenige Zentimeter tief in
die Erde gedrückt und angegossen wurden. Bis zum Herbst um-
rankten die aus dem Boden wachsenden Bohnentriebe die Halte-
stäbe wie Lianen. Für einen die Natur liebenden Gärtner, einen
dem Schrebergarten verfallenen Zivilisationsgeschädigten heutiger Zeit, einem Hobbygärtner neuester Prägung mag beim Zuhö-
ren und Lesen Freude ins Antlitz schießen. Uns war nicht danach.

Gartenarbeit bedeutete Fron, tägliche Beschäftigung mit und gegen die Naturkräfte. Zwischen der Aussaat im Frühjahr und der alle Anstrengung belohnenden Ernte im Herbst setzen die Götter den Fleiß vor den Preis. Gießen, Boden lockern, Unkraut ausreißen, Schädlinge bekämpfen. Letzteres mit in Fässern angesetztem Brennnesselwasser oder von der Wäsche gesammelter Lauge. In einem Jahr vermehrten sich die Kartoffelkäfer derart rasant, dass der Verlust der Ernte befürchtet wurde. Da das Bestäubern der Pflanzen mit einem übelriechenden weißen Pulver nur wenig Erfolg brachte, sammelten meine Brüder und ich, morgens vor der Fahrt zur Schule oder zur Ausbildungsstätte, die Käfer mit der Hand von den Pflanzen, eine wenig erfreuliche aber lebensnotwendige Aufgabe. Ein Winter ohne Kartoffeln war schwer vorstellbar. „Wolltest du nicht von deiner Schildkröte erzählen?" „Langweile ich dich?" „Nicht direkt." „Du musst doch am besten wissen, wie uns unser Vater beschäftigt hat. Erinnerst du dich an die samstägliche Autowaschorgie?" „Bitte nicht. Bleibe am Gartenthema." „Ich bemühe mich um Beschleunigung." Es geht mir nicht darum, meine Verdienste, so es denn welche gab, für die Familie hervorzuheben, sondern mir liegt im Besonderen dran, meiner Mutter zu gedenken, die in der alljährlich wiederkehrenden Gartenzeit, neben allen anderen Hausverrichtungen, über die noch gesondert zu erzählen sein wird, ohne ein Wort der Klage

oder des Jammerns, die Gartenfrüchte für die langen Wintermo-
nate konservierte. Erbsen aus den Schoten pellen, Bohnen abzie-
hen und schneiden, Karotten schälen und portionieren, Blumen-
kohl zerteilen. Das Gemüse wurde blanchiert, auf einem großen
Blech vorgefrostet, um danach, in durchsichtige Plastikbeuteln
verpackt, eingefroren zu werden. „Erlaubst du mir noch eine
kleine Aufzählung der sonstigen Freiland-beschäftigung?" „Ok."
Kirschen ernten und einkochen, Erdbeeren pflücken, Marmelade
kochen. „Du vergisst den Erdbeerkuchen". Wie könnte ich diesen
und die anderen frischen Obstkuchen vergessen? Kirschkuchen!
Wir nannten ihn ‚Spuckkuchen', weil die Kirschen vor dem Ba-
cken nicht entsteint wurden. Zwetschgenkuchen! Frischer Zwet-
schenkuchen, direkt aus dem Ofen auf den Tisch. Dazu gab es
Bohnensuppe mit frisch geernteten grünen Bohnen. Wenn ich
meine Augen schließe, sehe ich den dampfenden Top auf unserem Küchentisch und wittere Bohnenkraut. Auch heute erfüllen
ihre einfachen Suppenrezepte meine bescheidenen kulinarischen
Wünsche. In der Sommerzeit bereitete meine Mutter einfache Ge-
richte zu, zum Kochen umfangreicher Speisen hatte sie keine Zeit.
Einfache Gericht? Kulinarische Köstlichkeiten. Frisch geerntete
Früh-kartoffeln, zarter junger grüner Salat mit einem knackig gel-
ben Herzen, angemacht mit saurer Sahne, in Scheiben geschnitte-
nen selbstgezogenen Radieschen, mit Dill und Schnittlauch aus

der Kräuterecke gewürzt, dazu Rührei, zubereitet aus den Gelegen der hauseigenen Hühnerschar. Trotz der vielfältigen ‚Hausaufgaben' durfte ich sehr oft mit dem Fahrrad zum Badeplatz am Kellenbach fahren. Der Weg dorthin führte auf geteerten Straßen zum südlichen Dorf, dann entlang des Kellenbachs auf einem durch Wald beschatteten Landwirtschaftsweg zu unserer Badestelle auf einer Wiese direkt am Kellenbach. Links des Weges lag das Flussbett, rechts erhoben sich steil ansteigend die dichtwaldigen Ausläufer des Soonwaldes. An einem heißen Samstagnachmittag im Juli fuhr ich mit einem Fahrrad, in das ich nach Abgabe durch meine Brüder hineingewachsen war, begleitet von meinem besten Freund Bernd, den bewaldeten Uferweg entlang. Wir sprachen nicht viel, in Gedanken spielten wir bereits mit unseren Freunden Fußball auf der Liegewiese oder tollten im Wasser. „Pass' auf, da liegt ein Stein auf dem Weg.", rief Bernd. Ich verlangsamte meine Fahrt, kniff die Augen zusammen, um meine Sehschärfe zu erhöhen. „Das ist kein Stein. Der bewegt sich ja." Wir stiegen von unseren Fahrrädern und erkannten eine auf dem Rücken liegende, mit den Beinen zuckende Schildkröte. „Wie kommt die denn hierher? Hier gibt es doch keine Schildkröten.", merkte Bernd an. „Vielleicht ist die jemand im Dorf abgehauen. Mir ist letztes Jahr ja auch eine entlaufen." „Deine kann es nicht sein, der Winter war zu kalt. Das hat die nie überlebt." „Das ist

klar. Das wird im Frühjahr oder jetzt im Sommer gewesen sein."
Die Schildkröte lag hilflos auf dem Rücken in der Mitte des Weges
und zappelte mit den Beinen. Ihr fehlte ein seitlicher Halt, ein
Stein, eine aus dem Boden rankende Wurzel, an der sie sich hätte
abstoßen und umdrehen können. Mich packte Schaudern bei dem
Gedanken so auf dem Rücken liegen zu müssen, ohnmächtig jeder rettenden Bewegung, ausgeliefert an anderer Lebewesen
Gnade. Bernd näherte sich ihr als Erster. „Beißen die?" „Quatsch!
Nimm sie am Panzer und dreh sie um. Im Wald können wir sie
nicht mehr lassen." „Was sollen wir denn mir ihr machen?" „Du
hast sie als Erster gesehen, sie gehört dir, nimm' sie mit nach
Hause." Vorsichtig ergriff mein Freund sie mit beiden Händen
seitlich am Panzer, trotz meiner Beschwichtigungen ihrer Unge-
fährlichkeit mit sichtbar ängstlich weit von sich gehaltenen Händen, drehte sie auf ihre Beinchen und ließ sie umgehend los, so als
wolle er eine unbequeme Berührung beenden. Das Tierchen setzte
sich sogleich in Bewegung, als wolle es seinen unsanft unterbro-
chenen Weg ohne Zögern fortsetzen. Hatten wir Dank erwartet,
wir Lebensretter? „Willst du sie nicht mitnehmen?", fragte ich.
Bernd betrachtete sie nachdenklich, so als würde er überlegen,
was sein Vater wohl zu seinem Fund sagen würde. Dann, er hatte
sich wohl entschieden, nahm er sie hoch, betrachtete sie von allen
Seiten und schnitt eine grüblerische Grimasse. „Was ist, hat sie dir

auf die Hand gemacht?" „Nein, aber schau mal. Die ist auf dem Rücken zerkratzt." Nun sah auch ich sie mir genau an. Ich wollte es nicht glauben, mir war als bekäme ich keine Luft mehr. „Was ist?" Was hast du?" „Das ist meine Liesel." „Wer?" „Meine Schildkröte, die mir im letzten Herbst abgehauen ist." „Erzähl keinen Quatsch. Denk doch mal, wie kalt der Winter war." „Doch, das ist Liesel. Sieh hier.", dabei zeigte ich auf die Einritzungen auf dem Rücken, die Bernd als Kratzer bezeichnet hatte. „Ich hatte ihr im letzten Sommer ihren Namen, die Buchstaben LIESEL, in den Panzer geritzt, siehst du's?" „Tatsächlich. Die Buchstaben sind gut zu erkennen. Das gibt es doch gar nicht. Erstens, dass sie den Winter überlebt hast und dass WIR sie gefunden haben. DEINE Schildkröte. Wahnsinn." Bernd preschte los. „Das muss ich den anderen erzählen, die werden Augen machen." Mit zunehmender Entfernung verstand ich nur noch Wortfetzen. „Gibt's nicht, durch den Winter, das glaubt mir keiner." Ich blieb allein an der Fundstelle zurück. Was heißt allein? Mit meiner Liesel! Meine Schildkröte. Ein unverhofftes Kinderglück. Ich hätte gerne von ihr erfahren, wie es ihr ergangen war, von was sie sich ernährt hat und vor allem anderen, wie sie durch den Winter kam war und wo sie ihren Winterschlaf hielt. Ich summte unser Lied, sie streckte ihr Köpfchen aus dem Panzer und ließ sich am Hals kraulen. „Das war ein glücklicher Sommer.", meldete sich Jackie auf seinem Regal. „Ach, du bist ja auch noch da." Mein Bär hatte Recht. Nach dem Wiedersehen beschäftigte ich mich mehr als zuvor mit ihr. „Und ICH musste auf ihr reiten." „Das war doch lustig, oder?" „Na ja. Mit Gummiringen hast du mich auf ihrem Panzer befestigt, manchmal etwas zu fest, aber es war eine willkommene Abwechslung in meinem Bärendasein. Nur leider währte das Glück nicht lange." „So ist das mit dem Glück, es lässt sich nicht festhalten." Am Ende des Sommers fand Liesel erneut den Weg in die Freiheit. Alles Suchen half nicht, sie blieb verschwunden.

Der Leiterwagen

„Erinnerst du dich noch an den Aufruhr im Frühjahr 1968?" „Meinst du die Roten Zellen, die Protestkundgebungen der APO?" „Das interessierte doch nur wenige in deinem Hunsrückdorf. Nein, ich meine die Sache mit dem Leiterwagen". „Leiterwagen?" „Du und zwei andere Jungs hatten doch in der Nacht vom 30. April auf den 1. Mai einem Bauern einen Streich gespielt. Klingelt es?" „In der Hexennacht?" „Ja." Es dämmerte, aus dem Verlies meines Gedächtnisses strebten die Erschütterungen ans

Licht. Heftige Erschütterungen in einem 1000 - Seelen - Dorf, dessen Erlebnishorizont von Ernte zu Ernte hüpfte, durchbrochen von drei Tagen Kirchweih, einem Konzert des Männergesangvereins, der Weihnachtsandacht, gelegentlichen Kirchgängen, alkoholgetränkten Familien-feiern, Geburt und Tod, nebenbei. Franz, Rolf und ich hatten uns nie an den allgemeinen Untaten in der Nacht zum ersten Mai beteiligt. Hierzu zählten wir das Aushängen und Verschleppen von Gartentüren, das Abschrauben von Nummernschildern, derer Verstauen in einem Sack, an einer Haustür festgebunden, das Beschmieren von Hoftoren oder Haustüren mit unflätigen Sprüchen oder anzüglichen Bildern. Auch beteiligten wir uns nicht am Aufbringen von kalkfarbigen Verbindungslinien zweier frisch verliebter junger Menschen auf den Straßen. Wir empfanden dies als Offenlegung privater Geheimnisse, wir hielten es für unpassend und zudem kindisch. In jenem Jahr planten wir einen ganz besonderen Streich. Ein in unserem Dorf lebender Landwirt, ein bösartiger Geselle, der auf seine Tiere wie ein Berserker eindrosch, seine Frau und seine Kinder schlecht behandelte und auch vor Handgreiflichkeiten gegen diese nicht zurückschreckte. Diesem galt unsere geballte Missachtung. Diesen galt es bloßzustellen. Ihm sollte ein Lehrstück besonderer Art vorgeführt werden. Oft trafen wir uns an den Frühjahrstagen, um uns eine angemessene Schurkerei auszudenken. So recht wollte uns nichts einfallen. Wir spielten verschiedene Szenarien durch: Luft aus den Reifen seines Traktors lassen, seinen Traktor aufbocken und die Vorderreifen demontieren, einen Teil seines Misthaufens, neben seinem Haus sitzend, in den Hauseingang setzen, oder die Haustür mit Hohlblocksteinen zumauern, seinen Traktor in einer hässlichen Farbe anmalen. Manche Idee wurde bejubelt, so wie Jugendliche nun mal eine diebische Freude lauthals verkünden. „Stell dir vor, er will morgens aus dem Haus, macht die Tür auf und ihm fällt die Scheiße ins Gesicht." „Und wie der tobt, wenn er die zugemauerte Tür sieht, der kriegt einen Wutanfall." Gebrüll. „Und wenn der seinen aufgebockten Bulldog sieht, der schreit das ganze Dorf zusammen und sucht in allen Ecken und Winkeln." Erneut Gebrüll. „Das ist es", meinte Franz. „Was?", schoss es aus uns heraus. Dann weihte er uns in seine Gedanken ein. „Wir müssen etwas für ihn Wichtiges verschwinden lassen, etwas, was er oft braucht, irgendwo so verstecken, damit er lange danach suchen muss." „Aber, was könnte das sein? Wir können doch nicht seinen Traktor wegtragen? Wenn das raus kommt, kriegen die uns am Arsch.", schied ich eine Möglichkeit aus. „Was hat er denn sonst, worauf er immer ein Auge hat?" Ralf stellte die richtige Frage, nur uns wollte nichts einfallen. Noch nicht. Weitere muntere Frühlingstage vergingen. Nach einem kalten und langen Winter verbrachten wir unsere

Nachmittage auf dem Fußballplatz unseres Ortes. Die erste Mannschaft, der VfL Simmertal spielte in der A-Klasse, für ein Dorf von gerade einmal eintausend Einwohnern eine besondere sportliche Leistung. Der Aufstieg in eine höhere Klasse schien möglich, zwei Ausscheidungsspiele gegen den FC 07 Idar, ein Stadtteil von Idar-Oberstein, standen an. Das Heimspiel gewann unsere Mannschaft in einem dramatischen Kampf mit 1:0. Dramatisch, weil auch die Anhänger der beiden Mannschaften lebhaft und beleidigend, letztlich handgreiflich in das Geschehen ohne Ball und Spiel eingriffen. Ratschläge wurden erteilt und Mutmaßungen geäußert. „Merk' dir die Nummer 8, die faule Sau." „Hau dem Sechser eine rein." „Schiri, setz' dei Brill' uff." „Der is doch blind." „Ja siehst du Depp dann garnix?" „Des war doch kä Abseits, du Simbel." Wobei die Anforderung einer Erklärung, was denn Abseits wirklich sei, im Kreis jener Fußballfreunde sicher ein wirres Wortgeflecht erzeugt hätte. Eine Tatsache, die sich im 21. Jahrhundert unter Fußballfans ähnlicher Unklarheit rühmen dürfte. Unser Trainer meinte damals stets: Abseits ist, wenn der Schiedsrichter pfeift. „Du hast Fußball gespielt?" „Jetzt irritierst du mich aber. Du weißt nichts von meiner ‚Karriere'?" „Zu dem Zeitpunkt hattest du mich in irgendeinem Schrank deponiert." „Und du hast nichts mitbekommen, wo du doch stets und überall deine Bärennase hineingesteckt hast?" „Mein Bären - Akku war leer. Du brauchtest mich nicht, also ergab dies meine Abwesenheit von alleine." „Hast du denn so gar nichts mitbekommen?" „Nur das Ende." „Wie das?" „Da hast du mich herausgeholt. Ich spendete dir Trost. Das war ein trauriger Moment. Du wärst bestimmt ein guter Spieler geworden." Vielleicht. Wer weiß das schon. Sehr oft bat ich meinen Vater, mich beim Verein anzumelden, weil ich unbedingt, wie meine Freunde Fußball spielen wollte. Er hatte kein Erbarmen mit meinen Wünschen und Träumen. Zur Weltmeisterschaft in England schnitt ich alle Berichte über Spieler und Analysen aus unserer Tageszeitung aus, klebte sie auf Papier und sammelte sie in einer Mappe. Zur gleichen Zeit schrieb ich an Uwe Seeler und bat um ein Autogramm. Mein Wunsch wurde erfüllt, ich zeigte sein Bild mit Unterschrift allen und war mächtig stolz. Allein die Tatsache, dass ich nicht zum Verein durfte, hinderte größere Freude. Ich gab nicht so schnell auf, meine Freunde und ganz besonders deren Eltern halfen mir. Um den Plan zu verstehen, muss man folgendes wissen: Mein Vater legte sehr viel Wert auf die Meinung der Dorfbewohner, immer gut dastehen und Anerkennung erringen. Er ließ sich manchmal ohne es zu merken gedanklich anschieben. So auch in meinen Angelegenheiten. Anlässlich eines Sportfestes, an dem auch eine Auswahl des örtlichen Gemeinderats, also auch mein Vater, gegen eine Auswahl der Verbandsgemeindeverwaltung antrat, wandelte sich meines Vaters Sinn. Das Spiel war schon lange beendet und die Kontrahenten im Alkoholrausch vereint. Da griffen meine Befürworter frontal an. „Du, sag einmal, warum spielt dein Sohn eigentlich nicht in der Fußballmannschaft?" „Der soll was in der Schule lernen." Mein Vater sprach meist Hochdeutsch mit einem leicht thüringischen Einschlag, den er geburtshalber nicht gänzlich verdrängen konnte. „Das kannste doch net mache. All spiele se im Verein, nur deiner net." „Unn außerdem", jetzt kam es, „unn außerdem, wie sieht en das aus, wenn de Sohn vom erste Beigeordnete net Fussball spiele derf." Wie sieht das denn aus? Das war die zentrale Frage. Ich stand leicht bangend abseits. Würde er mich beim Verein anmelden? Und wenn ja, würde er mir die erforderliche Zeit zum Training geben? Ein ernster Blick erfasste mich. „Du willst Fußball spielen?", warf er mir mit einer besonderen Betonung der Wörter ‚Du' und ‚Fußball' entgegen. Ich hielt den Strafstoß tapfer und warf ihm ein gepresstes, trotz allem zaghaftes aber mutiges ‚Ja' zu. Die vorbereitete Aufnahmeerklärung war schnell unterschrieben, er spendierte die nächste Runde und ich strahlte im Inneren. Wer allerdings nun glaubt, meine Zukunft als Fußballer hätte sich bester väterlicher Unterstützung erfreuen können, wird einer Täuschung unterliegen. Trikot und Hose stellte der Verein, auch die Stutzen, aber Schuhe? Ich hätte nicht gewagt, den Kauf guter Fußballschuhe zu erfragen.

Nein, ich hätte und ich habe nicht. Die ersten Trainingseinheiten und auch die ersten Spiele bestritt ich mit sohlenglatten, normalen Turnschuhen. Es beschämte mich sehr, wenn meine Freunde die jeweils neuesten Errungenschaften der Edelmarken zur Schau stellten. Ich empfand mich zurückgesetzt und abgehängt. Niemand sagte etwas oder zog mich auf. Kleine Bemerkungen wie „Den Ball konntest du nicht bekommen, mit deinen Schuhen bist du einfach weggerutscht.", mitleidig entschuldigend geäußert, keineswegs in verletzender Absicht, bewirkten Minderwertigkeit. Ich musste Schuhe haben. Dazu brauchte ich Geld. Für einen Dreizehnjährigen viel Geld. Was tun? In unserer Straße wohnten ältere Bürger, denen der Weg ins Dorf zu beschwerlich war. Diesen bot ich meine Dienste an, ich kaufte Lebensmittel ein, brachte Briefe zur Post und Schuhe zum Schumacher. Es ließen sich keine großen Einkünfte erzielen, aber nach vier Wochen häuften sich die jeweils erhaltenen Zehn-und Fünf-Pfennig Stücke, einen Silberling erhielt ich von einer älteren Frau, deren Enkel ich hätte sein können, zu einem stattlichen Betrag von dreißig Mark, ausreichend für ein Paar Puma – Schuhe. Zugegeben nichts Berauschendes und auch eine Nummer zu groß. Man wächst ja noch rein. Ein Paar Schienbeinschützer bekam ich gratis. Was soll ich sagen? Ich war stolz auf meine Zielerreichung und ich gehörte

dazu. „Wolltest du nicht von eurem besonderen Streich erzählen?" „Du hast recht, ich bin wohl etwas abgekommen. Jedoch
würde ich ohne den Fußball die Geschichte nicht erzählen können. Denn auf dem Weg vom Sportplatz nach Hause hatten wir
den alles entscheidenden Einfall." „Ja, ich weiß, die Sache mit
dem ..", weiter kam Jackie nicht. Ich hielt ihm den Mund zu. „Du
musst doch nicht gleich alles verraten. Das ist meine Geschichte.
Erlaubst du mir vielleicht noch ein paar kleine Anmerkungen?"
„Zu welchem Thema?" „Zum Thema Fußball?" „WENN DU
MEINST." tönte es beleidigt aus meinem Weggefährten. „Tut mir
Leid, dass ich dir den Mund verboten habe." „OK." Das rasche
Ende meiner sportlichen Aktivitäten ist sicher kein Einzelschick-
sal, vielen meiner Zeitgenossen erging es ähnlich. Sport war nicht
nur die unwichtigste Nebensache der Welt, sie war überhaupt
keine des Nennens oder des Betreibens werte Angelegenheit.
Sport in der Schule, ja. In der Freizeit? In welcher freien Zeit? Der
Tag füllte sich mit Pflichtaufgaben. Gartenarbeit, insbesondere in
der sommerlichen Erntezeit, Tiere versorgen, Futter einholen,
Einkaufen. Mein Vater war um vordringliche Hausarbeiten nie
verlegen. Schutz vor überobligatorischer Heranziehung boten lediglich die von der Schule geforderten Hausaufgaben. Mangels
Einblick meines Vaters in die geforderten Aufgaben und deren
zeitlichen Beanspruchung, verkürzte ich unter dem Hinweis auf

die Notwendigkeit der Erledigung meine Frondienste beträchtlich. Dass das bittere Ende meist zum Schluss kommen sollte, wurde mir anlässlich der Zeugnisausgabe überdeutlich. „Für solch schlechte Noten sitzt du den ganzen Nachmittag in deinem Zimmer?" Wie wahr. Unter betriebswirtschaftlichen Gesichtspunkten hatten die Kosten, der Zeiteinsatz, nicht den gewünschten Gewinn, gute Zeugnisnoten, erbracht. Die Zurechtweisung meines Vaters, dachte ich, sollte die Situation ausreichend und angemessen erledigt haben. Am Ende der Sommerferien durfte ich mich davon überzeugen, dass Nachschläge immer möglich sind. Ich erhielt eine Einladung für ein zweiwöchiges Trainingslager des südwestdeutschen Fußverbandes. Mir, einem Dorfjungen, gedieh Ehre. Ich sollte sagen, hätte Ehre gedeihen können. Die zweite Woche fiel in den Beginn des neuen Schuljahres. Muss ich mehr sagen? „Das kommt gar nicht in Frage. Schule geht vor." Diskussionen? Fehlanzeige. Ende einer hoffnungsvollen Karriere. Ich hörte noch am gleichen Tag mit dem Fußballspielen auf. Wie viele deutsche Meister, Weltmeister oder Olympiasieger hätte dieses Land haben können, Fußballer, Schwimmer, Leichtathleten und Radfahrer. Hätten unsere Eltern nur ein wenig von dem, was unseren Kindern heute überfordernd angeboten wird, auch für uns eingesetzt. „Bist du jetzt mit dem Thema zu Ende?" „Quälgeist, mir war das wichtig. Du weißt doch, wie mir damals zumute war?" „Eben. Du warst ein guter Fußballer." „Ach, schau mal, er weiß doch etwas." „A-Jugend Sonderklasse, linker Verteidiger, keiner kam vorbei. Du spieltest gegen Bad Kreuznach, Neuendorf, Koblenz und Trier. Es hat dir weh getan. Ich weiß." Mich traf eine schmerzliche Niederlage. Unser kleines Dorf maß sich zwei Jahre mit den damals mächtigsten Vereinen des Verbandes, wir kamen uns wie die Bürger jenes kleinen gallischen Dorfes vor, die das Römische Reich in Atem hielten. Aber auch das ist Geschichte. „Nun?" „Was, nun?" „Fängst du jetzt mit den Geschehnissen in der Nacht zum 1. Mai an?" „Du bist vielleicht ungeduldig." „Bären sagt man zwei Dinge nach: Grundlos fröhlich sein und nachhaltig Dinge fordern". „DAS kannst du bestimmt. Dann erzähle ich die Geschichte der Hexennacht." Die Idee kam uns, der Bär möge mir verzeihen, dass ich erneut das Wort ‚Fußball' verwende, auf dem Nach - Hause - Weg vom Fußballtraining. Ralf hatte als Erster die Idee. „Was haltet ihr davon, wenn wir seinen Leiterwagen, der in der Fronhofstraße abgestellt ist, in die neue Pausenhalle unserer Schule stellen?" Die Fronhofstraße, eine unbedeutende Nebenstraße, die die Kirche mit dem kleinen Marktplatz verband, war für den allgemeinen Verkehr wenig tauglich, da sie weder gepflastert noch geteert war. Sie beherbergte in früheren Zeiten den Lauf des Apfelbachs, eine Vorgeneration hatte das Flüsschen in einen Kanal gezwängt, das Flussbett mit Erde befüllt und aus Mangel an Geld seinem Schicksal überlassen. Soweit ich mich zurückerinnern kann, schoss an den Seitenrändern Unkraut in die Höhe, wilde Blumen verschönten, Essigbäume verzierten Steinhalden und angrenzend wohnende Landwirte stellten Ackergeräte ab. UNSER Bauer genierte sich nicht, einen seiner hölzernen Leiterwagen, mit Holzrädern und Stahlbeschlag derart sperrig auf diesen Weg zu stellen, dass bei jedem beim Anblick Ärger aufkam. Alle im Dorf sprachen darüber, regten sich an den Stammtischen auf und bedrängten die Dorfverantwortlichen das unbotmäßige Abstellen zu beenden. Jedoch traute sich keiner im Dorf, den Verursacher direkt anzusprechen, eine verbale Abfuhr wollte sich niemand einhandeln. Es hätte auch mehr werden können. Wir sahen es als unsere Aufgabe an, diesen das ganze Dorf Drangsalierenden eine Lektion zu erteilen. Mehr noch, wir meinten der Erfüllung einer Prophezeiung, einer uns auferlegten Pflicht nachzukommen. „Zur Pausenhalle solltest du noch etwas sagen. Oder meinst du, dass jeder Leser mit dem Begriff etwas anfangen kann?" „Jackie, du hast Recht." Der evangelischen Volksschule in Simmertal, die Zeiten der konfessionellen Schulen waren in den sechziger Jahren durchaus üblich, bewilligte die Gemeinde-verwaltung eine Pausenhalle. Der Nutzungsanforderung der Schule würde folgendes entnommen werden können: Seitlicher Anbau, Verbindungstür zur Eingangshalle, überdacht, Treppenaufgang hofseits, überdacht. Grund: Nutzung zur sportlichen Betätigung mangels Turnhalle, Aufenthalt der Schüler bei schlechtem Wetter, Planvorschlag anliegend. Für unser weiteres Vorhaben von besonderer Bedeutung ist die Tatsache, dass es unsere Aufgabe sein sollte, einen Leiterwagen, also keineswegs einen sogenannten Bollerwagen, mit dem Kleinkinder auf Wanderungen oder Ausflügen gerne mitgenommen werden, über die beschriebene Treppe in die Pausenhalle zu transportieren. Es handelte sich um einen ausgewachsenen, bäuerlichen Transportwagen, der meist zur Heueinholung im Sommer Verwendung fand und dem aufgrund seiner Konstruktion mit Holz-Speichen-Rädern und Eisenbeschlag Pferde oder Kühe als Zugtiere dienten. Seine Maße können wie folgt vermerkt werden: Sechs Meter lang, zwei und ein halben Meter breit, zwei Meter hoch, Gewicht unbekannt, aber sicher 500 Kilogramm. Vielleicht sollte ich noch anfügen, dass die Treppe zur Pausenhalle acht Stufen aufwies, jede Stufe mit Kunstmarmor belegt war. Besondere Vorsicht unsererseits war also unabdingbar, wollten wir ein besonderes Werk ohne Schaden vollbringen. In unbeobachteten Abendstunden, zufällig in der Nähe des Produktes unseres

Plans, versuchten wir Dreizehnjährigen, dieses Monstrum anzuheben. Es bedarf keiner besonderen Erläuterung: Es gelang nicht. „Wir können den Wagen, wenn wir die Bremse lösen, zur Schule fahren. Das wird eine Menge Zeit dauern, die Metallbereifung wird nachts besonders gut zu hören sein. Aber wir werden den Wagen nicht über die Treppe tragen können." „Wegen des Lärms beim Fahren brauchen wir uns keine Gedanken zu machen, Rolf. Wir können die Räder notfalls mit alten Lappen umwickeln. Und wenn wir mal auf der Straße sind, fällt das niemandem auf." „Und wie bringen wir den Wagen über die Treppe?", fügte ich hinzu. Ratlosigkeit. Sollte unser Plan scheitern? Franz, der Sohn eines Bauern, meinte, als wäre es eine Kleinigkeit, etwa so, als würden wir einen Baukasten mit Holzspielzeug vor uns haben: „Den bauen wir auseinander, tragen die Einzelteile über die Treppe in die Pausenhalle und setzen den Wagen wieder zusammen." Einfach, genial, genial einfach. „Und wer bitte schön weiß von uns, wie so ein Wagen auseinander gebaut wird?" Rolf, unser land-wirtschaftlicher Fachmann, beruhigte uns. „Freunde, nicht verzagen, ihr müsst doch nur Rolfi fragen. Ich hab' meinem Vater schon oft beim Radwechsel geholfen. Außerdem können wir an einem unserer Wagen üben. Auf der Kipp", nicht erschrecken, so hieß eine Straße in unserem Ort, „steht unser ausrangierter Leiterwagen." Generalstabmäßig bereiteten wir unser Werk vor. Zunächst legten wir die Reihenfolge der Demontage fest. Die namensgebenden Seitenteile des Aufbaus ähnelten einer auf die Seiten gelegten, einen Meter breiten, und über die gesamte Wagenlänge reichenden großen Leiter. Diese waren an drei Stellen, mittig und an den jeweiligen Enden mit verlängerten Leitersprossen versehen, mit überstehenden Sprossenenden, die in den Rahmenbalken der Bodenplatte eingesetzt waren. Unterhalb der Bodenplatte lugten die Sprossen heraus. Zur Fixierung waren in quer in die Sprossenenden durchgehend gebohrte Löcher Holzspinte, konisch ausgearbeitet, eingeschlagen. Die Spinte schlug Ralf mit einem Gummihammer vorsichtig heraus und legte diese auf einer Zeltplane aus. Wir hätten statt des gummierten Werkzeugs auch einen Holzhammer, der zum Bearbeiten von Holz mit Stecheisen besonders geeignet war oder auch einen Eisenhammer verwenden können. Da unsere Uraufführung in einer geräuscharmen Nacht erfolgen sollte, entschieden wir uns für die leiseste Variante. Nachdem auf beiden Wagenseiten die eingesetzten Sprossen entriegelt waren und wir die Teile anheben wollten, bemerkten wir, dass die beiden Seitenteile am vorderen und hinteren Ende jeweils ein Querbalken verband. Die Seitenteile waren leicht schräg in den Bodenbalken eingesetzt, sodass sich die Leitern in einem Winkel von etwa zehn Grad nach außen neigten.

Die beiden Querbalken dienten als Haltestreben. Ohne diese bestand die Gefahr, dass die Außenteile bei hohem Seitendruck an den Einlasslöchern abknickten. Die Querbalken waren aus Rundhölzern mit einem Durchmesser von acht Zentimetern gefertigt, an deren jeweiligem Ende ein runder Metallring eingesetzt war. Diese fünf Zentimeter breiten Ringe hatte ein Schmied aus Eisen hergestellt, passend zu den Querbalken. Mittig an der Ringaußenwand war ein spitz zulaufender Eisensporn angeschweißt. Für die Aufnahme des Ringes bohrte der Wagner, die Berufsbezeichnung des Wagenmachers, mittig in die Haltebalken kleine Löcher und schlug den Ring mit Eisensporn ein. Zur Verhinderung eines Ausbrechens des umgebenden Holzes unter Belastung wurden die Balkenenden mit einer Rohrschelle zusammengepresst. Diese Querbalken waren über die oberen Leiterstreben der Seitenteile gestülpt und mit einem Sicherungsstift am Herausrutschen gehindert. Die Stifte konnten wir leicht herausschlagen, die Querbalken und danach die Leiterseitenteile abnehmen. Als nächstes entfernten wir die aufgeschraubten Bodenbretter. Ein mühsames Geschäft, jedes Brett war mit je zwei Holzschrauben an den Wagenendbalken und einem zur Verstärkung eingesetzten Mittelbalken der Bodenkonstruktion befestigt. Zu zweit konnten wir die schweren Holzbohlen mühsam zur Seite legen. Nachdem der Boden entfernt war, sahen wir die Vorderachse mit eingebautem

Drehteller, eine Konstruktion, die uns überforderte. „Wie sollen wir das nur abbauen? Da fehlt uns das Werkzeug.", fielen mir dir Worte der Verzweiflung aus dem Mund. „Das müssen wir doch auch wieder zusammenbauen." „Mach dir keinen Kopf", beruhigte mich Ralf. „Wir bauen die Deichsel ab und die Räder, dann sehen wir weiter." Es beruhigte mich nicht, ich erlaubte mir aber keine weitere unseren Plan in Frage stellende Äußerung. Die Deichsel ließ sich problemlos entfernen. Sie war an ihrem wagenseitigen Ende im Vorbau des Achsendrehtellers, zwischen zwei im Teller eingelassen vierkantigen Balken, eingesetzt. Durch die beiden Außenbalken und die Deichsel war ein Eisenrohr horizontal durch ein durch alle drei Balken getriebenes Loch gesteckt und auf beiden Seiten mit Stahlspinten gesichert. Ein einfaches Entfernen schien möglich. Der Rost aber hatte die Spint - Sicherungen angefressen, was eine Herausnahme der Spinte und auch der Deichsel verhinderte. Mit einem Eisenhammer klopften wir die Sicherungsstifte heraus, ein auch am Tage unüberhörbarer Lärm. „Das können wir nachts unmöglich so machen. Da wecken wir alle Einwohner auf." Da hatten wir ein Problem. Wie sollten wir die Sicherungsstifte lautlos lösen? Von meinen Brüdern hatte ich des Öfteren das Wort KARAMBA hören können, wenn sie an ihren Mopeds herum schraubten. Sollte ich dies vorbringen, ich, der ich als der Jüngste von uns am wenigstens zum Gelingen unseres

Vorhabens beitragen konnte. Ich wagte es. „In unserer Garage haben meine Brüder KARAMBA stehen. Das Zeug nehmen die bei verrosteten Schrauben." Ralf schaute mich kurz staunend an, so als dachte er über eine Antwort nach, über die er noch nicht wusste, welchen Ton er ihr geben sollte. Er besann sich und meinte: „Damit wird es gehen. Wir müssen damit alle Schrauben und Eisenteile, die wir entfernen müssen, ein paar Tage vorher einsprühen. Das war ein guter Vorschlag." Das war ein guter Vorschlag! Das war ein RITTERSCHLAG. Ich fühlte mich als Retter unseres Vorhabens und freute mich – innerlich. Nach mehreren kräftigen Schlägen lösten sich die Sicherungen, das die Deichsel sichernde Eisenrohr ließ sich aber mit den bloßen Händen nicht herausziehen, zu sehr war es in den äußeren Balken eingepresst. Ralf war um eine Lösung nicht verlegen. „Wir brauchen eine Rohrzange." „Ist das so ein langes Ding, mit dem Wasserleitungen verschraubt werden?", bat Franz um Erläuterung. „Ja, sowas brauchen wir. Habt ihr eine?" „In unserer Werkstatt gibt es so etwas bestimmt. Mein Vater hat doch Klempner gelernt. Ich zische ab und beeile mich. Schaut ihr euch schon mal die Räder an." Wir schauten ihm nach und dann zu den Rädern. Ich wollte nicht schon wieder Nachdenkliches von mir geben. Aber diese über einen Meter hohen Räder, ein aus drei Teilen zusammengesetzter Holzkranz mit Eisenringbeschlag, zwölf Holzspeichen und einem kräftig ausgearbeiteten Mittelstück mit Loch für die Achse, beeindruckte mich doch sehr. Ich wollte gerade meine Gedanken in Worte fassen, als mich Ralf, die Augenbrauen hochziehend, ansah. „Max, sag nichts. Ich weiß, was du denkst. Aber wir kriegen das hin. Die Räder sind schwer, aber zu dritt schaffen wir das. Es ist ganz einfach, die Räder von der Achsennabe zu nehmen. Die Reifen laufen leicht auf dem Eisenkranz. Müssen sie ja auch, sonst könnten die Rinder den Wagen nicht ziehen." „Aber du machst trotzdem ein belämmertes Gesicht. Gibt es noch ein anderes Problem?" „Ja, das gibt es. Wir müssen den Wagen anheben, um die Reifen abzumontieren. Das können wir aber nur Reifen für Reifen machen. Wir müssen zu zweit den Wagen anheben, um ein Rad abzunehmen. Dann haben wir keine Hände mehr frei für das nächste Rad." „Das verstehe ich jetzt nicht." „Ist doch ganz einfach. Franz und du, ihr hebt den Wagen hoch, ich nehme das Rad raus. Und, was macht ihr dann? Ihr könnt den Wagen nicht ablassen, der würde schief auf die Achse zu liegen kommen. Das wäre nicht gut." „Ah, jetzt. Das heißt wir brauchten noch zwei, die vorne hochheben, währen du das zweite Rad wegnimmst. Meinst du nicht, dass Franz und ich, einer vorne oder hinten ausreichen?" Ich hätte mir die Frage sparen können. Bevor Ralf mir den Hinweis auf meine Schmächtigkeit erläutern konnte, ergänzte ich: „Ok, nehme die Frage zurück. Mein Vater meinte immer, dumm darf man sein, aber man muss sich zu helfen wissen. Also: Was hältst du von der praktischen Anwendung der Hebel-Gesetze?" „Hä?", warf Ralf mir mit einem Gesichtsausdruck zu, der Ahnungslosigkeit ausdrückte. Übersetzt könnte dieses 'HÄ' in etwa lauten: Das habe ich nicht verstanden. Kannst du mir das bitte noch einmal erklären? Der große Ralf hörte dem kleinen Max zu. „Wir brauchen zwei lange Holzbalken oder Eisenrohre und vier Hohlblocksteine. Dickere Holzpfosten tun's auch. Die Pfosten stellen wir vor die seitlichen Wagenbalken neben den Rädern. Wir legen die Holzstange darauf, schieben sie unter den Wagen und drücken die Stange an der langen Seite nach unten. Dann lässt sich mit verhältnismäßig wenig Kraft der Wagen anheben." Ralf schaute verdattert, ich triumphierte und meinte hinzufügen zu müssen: „Kraft mal Weg ist Arbeit." „Der kleine Max, hat nix im Arm und einen Kopf für zwei." Ich grinste. „Hättest du auch gewusst." Und mein Wissen erklärend: „Hab das mal bei Müllers Kurt gesehen, der auch ein Rad an seinem Wagen gewechselt hat." Franz hatte sich während unserer Unterhaltung genähert. „Ich hab' die Rohrzange. Aber was habt ihr da mit den Rädern gehabt? Warum stellen wir nicht hinten und später vorne am Wagen einen Holzklotz unter den Wagenboden? Dann genügt doch einer, um das Ganze anzuheben. " Ralf und ich schauten uns verdattert an. Natürlich. „Sechs Augen sehen eben mehr als vier."

„Und ein Hirn ist besser als keines", frotzelte Franz hinterher. Wir trugen es mit Fassung. Es würde sich die Gelegenheit zur Revanche geben, einem geflügelten Wort folgend, dass man sich im Leben immer zweimal sehen würde. Ohne näher darauf einzugehen, ging Ralf zur Tagesordnung über. „Dann gib mir mal die Rohrzange." Wie ein Automechaniker rutsche er auf seinem Rücken unter Deichsel. Er hätte sich auch seitlich bücken können, was sicher aufgrund der besseren Kraftwirkung beim Ansetzen der Zange sinnvoller gewesen wäre, aber ich muss zugeben, so sah das schon stark aus. Er setzte die Zange fachmännisch an und begann mit Drehbewegungen, erst links dann rechts herum und wieder zurück, das verklemmte Eisenrohr zu lockern. „Franz, nimm den Hammer und schlag auf den Bolzen.", kommandierte er. Franz tat, was ihm geheißen. Nach mehreren Schlägen und weiteren Rohrzangendrehungen löste sich der Haltebolzen. Ich fasste die Deichsel in Höhe der Haltevorrichtung und Ralf zog den Bolzen heraus. „Das hätten wir geschafft." Ralf kroch unter dem Wagen hervor und legte sich die Rohrzange triumphierend über die Schulter, als würde er ein Gewehr von dannen tragen wollen. „Das mit den Rädern müssen wir uns noch mal überlegen." „Was meinst du Franz?" „Na überlegt doch mal, was wir alles mitnehmen müssen: Rohrzange, Hammer, Schraubenzieher, Holzklötze, Eisenstange und wer weiß, was noch. Da können wir ja gleich eine Anzeige in der Zeitung aufgeben." „Max, er hat Recht. Das können wir unmöglich alles mitschleppen. Da brauchen wir ja noch einen kleinen Wagen." „Dann lass uns das nochmal durchgehen." Wir setzten uns neben den Wagen auf den Boden. „Nicht schlapp machen, Jungs!", rief uns Ralf zu. „Schlafen könnt ihr zu Hause." „Das schlaucht ganz schön, das will ich dir mal sagen. Aber wir bringen das jetzt zu Ende, oder Max?" „Klar doch. Was meinst du, Ralf, wenn wir an den hinteren Rädern die Haltespinte der Räder rausziehen, passiert doch nichts. Ich meine, die Räder fallen doch nicht sofort raus." „Wenn der Wagen nicht bewegt wird, nein." „Dann könnten wir doch die Spinte rausziehen und danach heben Franz und ich den Wagen hinten leicht an und du holst die Reifen von der Achse. Du musst dich halt beeilen und uns dann helfen, den Wagen runter zu lassen. Franz, sag auch mal was." „Ist das nicht zu schwer? Wir haben das doch vorhin schon versucht?" „Da waren doch die Seitenteile und die Bodenbretter noch dran. Komm, wir probieren das mal." „Wenn du meinst? Ralf, was sagst du?" „An mir soll's nicht hängen." „Das passt. Aber an uns hängt der Wagen." Während Franz und ich uns kräftig in die Hände spukten, das hatten wir bei manchen Handwerkern gesehen, die mit Schaufeln Kies auf einen Wagen luden, löste Ralf die Haltespinte an den Radachsen. „So jetzt bloß nicht niesen, sonst fällt der Kasten um." „Oder einen fahren lassen." „Oder rülpsen." Jetzt hatten wir unseren Spaß. Blödeleien aus dem Nichts. Einer fängt an zu kichern und steckt alle anderen an. Was wir alles von uns gegeben haben, weiß ich nicht mehr genau, leicht Anstößiges wird auch dabei gewesen sein. So hat Franz in nach vorne gebückter Haltung, seinen Hintern in Richtung Wagenrad gewendet und heftige Sauerkraut - Raketen abgeschossen. Ich erspare mir weitere Details, aber wir bogen uns vor Lachen und kriegten uns kaum ein, bis, ja bis der Spuk, warum auch immer vorbei war und die weitere Vorbereitung unseres Vorhabens alles andere überdeckte. So, als wäre nichts gewesen, übernahm Ralf das Kommando. „Die Spinte habe ich rausgezogen. Ihr zwei, ab ans Hinterteil." „Pups.", legte Franz noch einmal nach, aber er sammelte keine Punkte, sondern einen Rüffel. „Schluss jetzt, oder soll uns die Kiste auf die Zehen fallen?" „Ok, Max." Die Aufgabe siegte. Wir stellten uns mit dem Rücken zur hinteren Ladekante, bewegten unsere Arme seitlich am Körper nach unten und griffen, mit den Handflächen von uns nach hinten weisend unter den hinteren Bodenbalken. „Wie hoch müssen wir den Wagen anheben?", wollte Franz wissen. „Nur ein paar Zentimeter.", dirigierte Ralf. „Probiert es mal." Es war doch nicht so schwer wie befürchtet, wir konnten das Ende etwa acht Zentimeter anheben. Ralf zog das linke Rad von der Achse und legte es neben den Wagen. Wir hielten zwar noch nicht lange, aber die Last nahm zu. Natürlich ist das Unsinn, der Wagen wurde ja nicht schwerer, aber unsere Kraft ließ nach und gab uns das Gefühl der erhöhten Schwere. "Ralf, mach zu, mir brechen gleich die Finger." Ralf reagierte nicht, er war schon auf der anderen Wagenseite angekommen und zog auch das zweite Rad von der Achse. Nachdem er es abgelegt hatte, half er uns, das hintere Wagenteil langsam auf den Boden zu legen. Die Schweißperlen standen Franz und mir auf der Stirn. „Eine ganz schöne Schinderei. Das wird ja immer schwerer." Aber wir hatten es geschafft. „So geht's. Jetzt nochmal das Gleiche vorne." Und uns an schauend: „Auf, auf, ihr müden Krieger." Als die vorderen Räder auf dem Boden lagen, war uns klar, dass das erst die Vorarbeiten waren. Jetzt ging es um die alles entscheidende Frage: Würden wir den Wagen, das, was nach der Demontage übrig war, anheben und wegtragen können? „Ihr wisst, was jetzt kommt?" sah uns Ralf bedeutungsvoll an. „Packen wir's an. Wir heben die Kiste erst einmal an. Ihr zwei vorne, einer links, einer rechts, ich gehe hinten in die Mitte." Wir taten, wie uns befohlen. „Habt ihr's." Da er uns in Position sah, gab er das Kommando. „Auf drei heben wir an. Eins, zwei, drei." Es gelang. „Absetzen. Und, was meint ihr?" „Es geht schon." „Ok, wir werden den Wagen in der Nacht ganz nah an die Pausenhalle fahren, damit der Weg so kurz wie möglich ist.

Aber wir müssen den acht Stufen hochtragen. Das können wir nicht üben. Und abstellen können wir ihn erst in der Halle. Das muss euch klar sein." Uns war das klar. Bang und klar. Das Zusammenbauen ging flott von der Hand, im Prinzip ein umgekehrter Handlungsstrang, von hinten nach vorn. Wir trafen uns noch einmal ein paar Tage vor dem großen Ereignis. Nicht, dass wir uns in der Zwischenzeit nicht gesehen hätten, gebolzt wurde fast jeden Tag, aber was den Leiterwagen betraf, achteten wir darauf, von keiner anderen Gruppe, die sich auch was Besonderes für die Hexennacht ausdachte, ausspioniert zu werden. „Du könntest doch jetzt mal was zu den Banden im Dorf erzählen?" „Jacky, dass du so lange stillhalten konntest, alle Achtung." „Ich konnte und wollte dich nicht bei deinem Puzzle stören." „Puzzle?" „Na, wie du die einzelnen Schritte bei der Leiterwagen-Demontage nach so langer Zeit zusammengesetzt hast." „Und, ist mir das Puzzle, um deinen Begriff aufzugreifen, gelungen?" „Passt schon. Es kommt ja nicht auf die Details an. Hauptsache, man kann es sich vorstellen, wie ihr euch vorbereitet habt." „Ich wollte, so genau wie möglich, den Aufbau schildern. Es soll ja niemand einen solchen Wagen nachbauen." „Und die Banden?" „Ach, das ist jetzt kein Thema. Sonst sagt so ein kleiner Brauner, ich würde abschweifen." Wie bereits geschrieben, trafen wir uns ein paar Tage zuvor, um abzustimmen, wann wir uns treffen sollten, und vor allem, was wir an Werkzeug benötigten. Holzhammer, Gummihammer, Beißzange, Rohrzange, Schraubenzieher, Taschenlampen, alte Lappen. Mir fiel die Aufgabe zu, wie besprochen, mit Karamba an unserem Wagen alle Schrauben einzusprühen. Franz sollte eine alte Aktentasche für unser Werkzeug mitbringen und Ralf besorgte eine Wolldecke und einen Rucksack. Auf der Decke wollten wir die abgebauten Teile ablegen und im Rucksack Schrauben und sonstige Kleinteile. Die Tage verstrichen, die letzte Nacht brach an. Kein Gedanke an Schlaf. Was wird alles schief gehen? Sieht uns jemand? Ruft jemand die Polizei? Bis nach Mitternacht überlegte ich mögliche Planänderungen und notwendige Täuschungsmanöver, doch irgendwann setzte sich Müdigkeit in meine Augen und die Mächte der Finsternis und des Schlafes benebelten mich und gaukelten Heldenträume. Der kleine Kerl hat mir die Banden in meinen Kopf geschubst, die Gedanken lassen sich nicht vertreiben. Was soll's? Ich muss ja keinen Roman erzählen. Unser Dorf trennte die Hauptstraße als gedachte Grenze, zumindest für uns Kinder, in Unter- und Oberdorf. Das Unterdorf reichte südlich bis zum Simmerbach, das Oberdorf bis zu den Ausläufern des Soonwaldes. So ergab es sich, dass die jugendlichen Bewohner Unterdorf- und Oberdorfbanden gründeten und in kindlichem Gemüt im Spiel bekriegten. Es soll jetzt niemand denken, dass grobe Attacken gefahren wurden, es genügte wenn diejenigen aus dem Unterdorf in den Gärten derer des Oberdorfs die Kirschen von den Bäumen aßen, und im Gegenzug den im Unterdorf Lebenden Äpfeln oder Pflaumen gestohlen wurden. Da jede Bande in ihrem Territorium aus von Baustellen organisiertem Material Unterschlüpfe im Wald errichtete, wurden Späher zur Lokalisierung ausgesandt. War der Rückzugsort entdeckt, wurde Material in den eigenen Einflussbereich umgesiedelt und Überlegenheit demonstriert. Ein besonderer Vorfall darf nicht unerwähnt bleiben. Meine Freunde und ich hatten auf ihren Streifzügen eine ‚Platzpatrone` für Panzer in der Nähe der Schuttabladestelle gefunden. Eine Kartusche aus Messing mit einem Durchmesser von zehn und einer Länge von dreißig Zentimetern. Sie sah aus wie ein großer Becher auf dessen Boden im Inneren etwas Dunkles von einer Glas- oder durchsichtigen Plastikschicht verschlossen war. Dieser Findling musste von den amerikanischen Truppen stammen, die allgegenwärtig mit Jeeps, Panzerspähwagen und Panzern in unserem Dorf und außerhalb sichtbar waren. Dieser Fund aus Beständen der amerikanischen Besatzung stellte für uns eine absolute Rarität dar, denn wem außer uns erkannte das Schicksal, einschränkend muss ich hinzufügen, in unserem kleinen Dorf, die Gnade eines solchen Schatzes zu? Als wird die Patrone zum ersten Mal in den Händen hielten, suchten unsere Blicke unser näheres Umfeld ab. Wurden wir beobachtet?

Vielleicht von den Kontrahenten aus dem Süden? Am nahen Wald, dessen Büsche und Bäume Beobachter hinter grünen Blätterwänden verbarg und dessen Naturtöne, Vogelgezwitscher und Windrauschen, Geräusche von am Boden kauernden Spähern überdeckten, verbargen wir den Findling umgehend unter einer dicken Laubschicht und flüsterten unsere Worte intim und konspirativ. Kurz entschlossen entschieden wir, mit dem Schatz zu tun, was auch unsere Vorfahren stets mit derlei wertvollen Raritäten machten, nämlich ihn an sicherer Stelle zu vergraben. Mit fiel ein erst wenige Tage zuvor entdeckter, von seinen ursprünglichen Bewohnern verlassener Fuchsbau ein. Meine Freunde stimmten zu und Franz trug die vom Laub befreite, sodann in einen Pullover eingewickelte Kartusche, zu seinem neuen Versteck. Wir beiden anderen bildeten den sichernden Begleitzug, Ralf vorne, ich hinten. Der alte Fuchsbau schien uns als vorübergehende Lagerung ausreichend sicher und vor Wettereinflüssen geschützt. Nach Einbringung der Kartusche verschlossen wir das Einstiegsloch mit Erdreich und Steinen. Blätter, Moos und abgestorbene Äste deuteten gewachsene Waldstruktur an. Wir waren mit unserem Werk zufrieden, vereinbarten Stillschweigen und überließen das weitere Vorgehen zukünftigen Plänen. Der Sommer trieb uns vor sich her. Wir badeten im Simmerbach, spielten an den Wochenenden in der Jugendklasse Fußball und verbrachten unsere restliche Zeit, neben Hausaufgaben und von den Eltern aufgetragenen Verrichtungen, im örtlichen Jugendclub im alten historischen Rathaus neben der Kirche. Der vergrabene Schatz hatte sich, wie manch anderer, aus unseren Gedanken geschlichen und hätte späteren Generationen Rätsel aufgeben können. Doch eines Nachmittags, ich kehrte vom Nachmittagsunterricht spät zurück, empfing mich meine Mutter mit ernstem Ausdruck. „Stell dir mal vor, was passiert ist. Zwei Jungen aus dem Dorf haben mit Schwarzpulver gezündelt, einer hat sich die Arme schrecklich verbrannt, dem Anderen sengte die hochschießende Flamme Augenbrauen und Wimpern ab. Der Rote-Kreuz-Wagen hat sie ins Krankenhaus gebracht." Schwarzpulver dachte ich, woher hatten die beiden Schwarzpulver? Ich muss bestürzt drein geschaut haben, denn meine Mutter erhob sogleich die Stimme: „Hast du etwas damit zu tun?" „Wie kommst du denn da drauf?" schlängelte ich mich um die Wahrheit herum, „woher soll ich denn wissen, wie die beiden an Schwarzpulver gekommen sind." Zufrieden schien sie mit meiner Antwort nicht zu sein, verband sie doch derlei Ereignisse stets mit mir und meinem burschikosen Tatendrang. „Na, na, wer weiß.", setzte sie geheimnisvoll hinzu. Gelogen hatte ich nicht, denn ich wusste ja wirklich nicht, woher die beiden das Pulver hatten, mutmaßte aber, dass die Quelle ihrer

Verbrennungen in unserem Versteck im Fuchsloch sein könnte. Kaum hatte ich mein verspätetes Mittagessen zu mir genommen, etwas, was ich mir auch nicht hätte nehmen lassen, wenn die Welt unterzugehen drohte. Zunächst wird der Hunger gestillt. Danach ist Zeit für anderes. Ich suchte meine Freunde auf. Erklärungen bedurfte es keiner, sie waren informiert. Schlimmer, sie unterrichteten mich, dass die Polizei Ermittlungen aufgenommen hätte, um herauszufinden, woher das Schwarzpulver, was ja niemand ohne Genehmigung lagern durfte, gekommen sein könnte. Uns wurde mulmig. „Es hilft nichts. Wir müssen uns vergewissern, ob die Kartusche noch an ihrem Platz ist." Der Weg in den Wald zu unserm Versteck war gepflastert mit vielen wenn- und aber-Sätzen. „Wenn die unsere Kartusche gefunden haben." „Aber dafür können doch wir nichts." „Wenn die beiden ein Leben lang Brandwunden haben, hängt man uns das an." „Aber die haben das doch geklaut." Mit schlottrigen Beinen näherten wir uns dem alten Fuchsbau. Von weitem erkannten wir, dass unsere Abdeckung aus Steinen und Erde zerwühlt und notdürftig, wohl nach dem Raubzug, wieder verschlossen wurde. „Das waren die aus der Unterbande. Die müssen uns doch beobachtet haben. Die Polizei ermittelt. Die will wissen, woher das Pulver stammt. Wenn die uns verraten, sind wir dran." „Mach dir keine Sorgen. Wenn die uns verraten, müssen sie ja sagen, dass sie uns bestohlen haben.

Das machen die nicht. So dumm ist keiner." Nein, sie waren nicht so einfältig, sich selbst in Schwierigkeiten zu bringen. Ralf besuchte sie im Krankenhaus. Ihre Verletzungen heilten zügig, Spätfolgen waren nicht zu befürchten. Nach den Vorschriften hoher Diplomatie vereinbarten wir, dass nicht wir, sondern sie die Kartusche am Müllplatz fanden. Uns konnte niemand vorwerfen, den Fund nicht amtlicher Verwahrung übergeben zu haben, und ihnen vergab die Obrigkeit, strafte sie doch ihre Dummheit, Schwarzpulver in größerer Menge angezündet zu haben. Am Abend des ersten Mai trafen wir uns nach Einbruch der Dunkelheit dort, wo sich alle zusammenfanden, nämlich an dem Ort, an dem das Feuer als Erinnerung an Hexenverbrennungen oder andere heidnische Rituale, entfacht werden sollte. Bereits Tage zuvor trugen wir an einen von der Gemeindeverwaltung genehmigten Platz Brennbares: dürres Holz aus dem nahen Wald, alte Stofflappen, abgefahrene Autoreifen. Wir türmten einen mächtigen Scheiterhaufen auf. Nach Einbruch der Dunkelheit oblag es einem Mitglied der örtlichen Feuerwehr, wer sonst sollte für das Zünden besser geeignet sein, unter johlendem Beifall der Dorfjugend das Signal der Maiennacht lodern zu lassen. Die aufsteigenden Flammen eröffneten unsere Ränkespiele, Alle, Groß und Klein, strömten dem Dorf entgegen, ihre Pläne und Vorhaben auszuführen. So auch wir. Was wurde nicht alles angestellt? Gartentürchen ausgehängt und in Nachbargärten abgestellt, Mülltonnen vertauscht und Haustüren verbarrikadiert. Im Grunde ermöglichten die Geschädigten zu einem guten Teil unser Treiben, sie wussten um ihre eigene Jugend. Hartnäckigere Mitmenschen schlossen freistehendes Hab und Gut ein, brachten Ketten an Gartentoren an, damit uns leichte Beute verwehrt war. Da manche Bewohner ihre Fensterläden als Schutz vor Blumendieben rechtzeitig verschlossen, entwickelten wir eine erfolgreiche List. Einer von uns klopfte heftig und laut schreiend an die Fensterläden, so dass den in der Stube Anwesenden der Schrecken in die Glieder fuhr. Aus Angst, es könnte etwas Ungewöhnliches geschehen sein und aus Neu-gier die Ereignisse nicht zu verpassen, rissen sie die Fensterladen auf. Beim Versuch ein „Was ist denn los?" vorwitzig hinauszurufen, hatten sie bereits verloren. Meine Freunde standen nämlich parat, just in dem Moment, in dem einer der Laden sich öffnete, diesen aus den in der Mauer eingelassenen Angeln zu heben und unter diebischem Gelächter, begleitet von wütenden Drohgebärden des von uns Reingelegten, unsere Beute davon zu tragen. Die Älteren machten sich einen Spaß daraus, geheime Liebschaften im Dorf nach dem Motto „Wer geht mit wem" auf besonders anschauliche Art und Weise zu verdeutlichen. Zwischen den Häusern derer, die sich näher gekommen waren, wurde mit weißer Kalkfarbe und Kleisterpinsel eine breite Verbindungslinie auf die Straße gezeichnet. Für die entdeckten jungen Paare war dies lediglich eine Offenlegung ihres Liebesverhältnisses, das ihnen ein liebevolles Entdecken aufnötigte. Eine bösartigere Variante, über deren Auswirkungen im Einzelnen nicht berichtet werden soll, malte außereheliche Verhältnisse verheirateter Paare liniengenau auf die Straße. Einen ganz besonderen Spaß, oder doch eher grober Unfug, vollführten in einem Jahr biertrunkene Anfangzwanziger, in dem sie den im Nachbarort aufgestellten Maibaum, eine sechs Meter hohe Birke entwendeten und am Ortsausgang der aufstellenden Gemeinde in handliches Brennholz zersägten. Trotz vereinbarter höchster Geheimhaltung, sicher auch begründet im Stolz über die vollbrachte Heldentat, die in einem späteren Bierrausch, genüsslich dargeboten wurde, entwickelten sich zukünftige Dorffeste des Öfteren zu heftigen Schlägereien unter den gemeindlichen Kontrahenten. Die Nacht zeigte sich in ihrer tiefsten Dunkelheit, unsere Stunde näherte sich. Mit gefülltem Rucksack, gewappnet mit Decke, Werkzeug und Taschenlampen, trafen wir uns an unserem Hexenstück, dem Leiterwagen, ein. Unseren Plan führten wir ohne mündliche Anweisungen Schritt für Schritt aus. Mit den mitgebrachten alten Lumpen umhüllten wir die eisenbeschlagenen Holzräder. Franz löste die Bremse, ein dem Reifenrund angepasster Holzklotz, der mit einem dicken Gewindestab je nach Bedarf an die Reifen zum Bremsen gepresst werden konnte, Ralf ergriff die Deichsel, und ich schob den Wagen leicht von hinten an. Vom erdbedeckten Fronweg in der Nähe der Kirche bis zur Hauptstraße am Feuerwehrhaus ließ sich unser Gefährt geräuschlos bewegen, der gepflasterte Marktplatz polterte trotz unserer Umwicklungen heftig. Um die Nacht zu beruhigen, hielten wir inne. Ralf flüsterte seine Anweisungen: „Über die Steine hier müssen wir ganz langsam fahren. Franz, dreh die Bremse leicht zu, das mindert die Erschütterungen!" Wie Trapper schlichen wir durch die Dunkelheit, wir bewegten uns unmerkbar langsam, vermieden jedes unnötige Geräusch und hielten den Atem an in dem irrigen Glauben, hierdurch andere Geräusche ebenso am Ausatmen zu hindern und dennoch: Musste nicht ein Uneingeweihter zu uns stoßen und halblaut in den stillen Abend posaunen: „Ei, was macht ihr dann mit dem Wagen?" Ralf hielt an, packte den Neugierigen am Kragen, und schrie flüsternd: „Halt's Maul! Oder willst du uns das Ding hier vermasseln? Kümmer dich um deinen Kram und zisch ab." Ralfs Mahnungen wurden, sie waren ja auch entsprechend markig vorgetragen, verstanden. Unsere Begleitung fiel zurück, derweil wir unseren Weg über die Hauptstraße südwärts fortsetzten, rechts in die Schulstraße einbogen und ohne weiteres Anhalten vor der Treppe zur Pausenhalle anhielten. „Franz, mach die

Bremse zu." Den schwierigsten Teil unseres Vorhabens, die Fahrt mit dem bäuerlichen Gefährt, vollbrachten wir halbwegs geräuscharm und bis auf den kleinen Zwischenfall unbeobachtet. Nun galt es, den einstudierten Ablauf, die mehrfach durchdachten Planteile in die Tat umzusetzen und den Wagen vor der Treppe auseinander zu bauen, die Einzelteile über die Treppe in die Pausenhalle zu tragen und dort den Leiterwagen wieder zusammenzusetzen. Jeder Handgriff saß, Ralf kommandierte uns leise und mit einer unnachahmlichen festen Ruhe. Alles klappte, wie man so schön sagt, am Schnürchen. Franz hatte für den schwersten Teil, das Tragen des nach der Demontage übriggebliebenen Kernstücks, des Wagenbodens, feste lederne Arbeitshandschuhe besorgt. Er meinte, dass die Gefahr des Abrutschens vermindert und wir einen feste-ren Griff haben würden. Als alle Wagenteile in der Halle, zum Zusammenbau geordnet nebeneinander lagen, verordnete Ralf eine kurze Pause. Diese hatten wir auch nötig, hatte uns das Tragen des schwersten Stücks mächtig außer Puste gebracht. „Jetzt machen wir die Sache fertig. Das Schwerste haben wir ja hinter uns. Nicht, dass doch noch etwas schief geht." Was er damit meinte, sagte er nicht, aber ich glaube, er hatte die Befürchtung, dass uns doch noch irgendein anderes Nachtteam entdecken könnte. Der Rest war ein Kinderspiel. In kürzester Zeit setzten wir Teil für Teil zusammen. Räder auf die Achsen, Splinte eingeschlagen und gesichert, Deichsel eingebaut, Bodenbretter aufgeschraubt, Seitenleitern eingerastet, Stirn- und Heckbalken montiert. Wir waren mit unserem Werk zufrieden. Ralf lehnte sich wie ein „Großer" an das vordere Wagenrad, öffnete seinen am Boden liegenden Rucksack und entnahm ihm drei mächtige Zigarren. „Wo hast du die denn her?" „Von meinem Opa." „Hat er das nicht gemerkt?" „Ach, der hat doch ein paar Kisten davon, der kriegt das nicht mit." Von uns hatte noch niemand geraucht, Ralf bestimmt, aber Franz und ich nicht. „Jungs, jetzt gönnen wir uns eine Habamma.", meinte er eine kubanische Edelmarke mitgebracht zu haben. Es waren jedoch nur gewöhnliche Zigarren, die die Alten „Stumpen" nannten. Natürlich habe ich damals auch eine „Habamma" geraucht, wenn mein Paffen als ein solches bezeichnet werden konnte. Egal, wir drei bezeugten uns gegenseitig hochrangige Ehrerbietung und bliesen den weißlichen Rauch der Sieger genüsslich aus. Derweil der kommende Tag der Nacht die Zeit stahl, verabschiedeten sich die müden Krieger voneinander. Wir waren und gewiss, unseren nächtlichen Streich am nächsten Schultag in der verdutzten Gesichtern von Schülern und Lehrern bestaunen zu dürfen. Der erste Mai kam. Wir hatten Besuch. Mein Vater machte Schwenkbraten, meine Mutter Kartoffelsalat. Die Erwachsenen tranken Bier, droschen einen zünftigen Skat, und wir Kinder spielten im Garten Fußball. Abends ging ich früh zu Bett, träumte vom nächsten Schultag, ließ in Gedanken unsere Heldentat innerlich grinsend an mir vorüberziehen und schlief rasch ein. Am nächsten Morgen, einem Montag, wunderte sich meine Mutter darüber, dass ich ohne mehrmaliges Ermahnen ihrerseits aufstand. „Was ist denn mit dir los?" „Was soll los sein?" „Du bist doch noch nie ohne mehrfaches Rufen aus deinem Bett gekommen? Ist heute etwas Besonderes?" Ein zaghaftes ‚Nee' beruhigte sie nicht wirklich. „Irgendwas ist im Busch." Zum Frühstück gab es Haferflocken mit Milch und Kaba. Für die Schule bereitete mir meine Mutter ein Brot mit Butter und Käse zu und legte dieses und einen roten Apfel in meinen Ranzen. Während des Löffelns des Breis las ich in der Morgenzeitung, was meine Mutter mit den Worten „Wer beim Essen liest, vergisst, was er isst" kommentierte, worauf ich mit reichlich Speise im Mund unverständlich murmelte: „Ich esse Haferflocken." Und ohne eine weitere Lebensweisheit meiner Mutter abwartend, setzte ich hinzu: „Ich weiß, und mit vollem Mund spricht man nicht." „Du bist schon ein Filou." Die Morgenstunde mit meiner Mutter habe ich immer genossen, einen schöneren Tagesanfang könnte ich mir auch heute nicht vorstellen. „Ich muss." Ich zog meinen Ranzen an. Meine Mutter öffnete die Haustür, gab mir noch einen liebevollen Klaps und ich sprang voller Erwartung die Treppe hinunter. Ich konnte es kaum erwarten, zur Schule zu kommen. Sicher werden sich alle um den Leiterwagen in der Pausenhalle geschart haben und staunen. Ich bog in die Straße zur Schule ein. Vor dem Eingang, der stets erst kurz vor Schulbeginn geöffnet wurde, hatten sich Schüler und Lehrer versammelt. Ich sah Lehrer mit erhobenem Zeigefinger, schüttelnden Köpfen und achselzuckende Schüler. In einer Gruppe erkannte ich Ralf und Frank. Was hatte das zu bedeuten? Ich näherte mich der Pausenhalle. Mich traf blankes Entsetzen. Unser Leiterwagen war weg. Ich näherte mich den Menschentrauben. Wortfetzen stürzten auf mich ein. „Ganze Treppe kaputt." „Alle Kanten abgebrochen." „Leiterwagen." „Polizei kommt." „Das gibt was." Mein Herz sprang aus mir heraus, sollten wir das gewesen sein. Nein, das konnte nicht sein. Aber wo war der Wagen? Ralf und Franz näherten sich. Ihnen schien es ebenso schlecht zu gehen. „Wisst ihr, was passiert ist? Wo ist denn der Wagen?" „Max, stell dir vor", flüsterte Ralf mir zu, „der doofe Bauer hat gestern seinen Wagen im ganzen Dorf gesucht und als er ihn hier fand hat, ist der Depp einfach die Treppe runtergefahren. An jeder Treppenstufe sind an zwei Stellen die Kanten abgesprungen, genau dort wo die Eisenräder aufgeschlagen sind." Und Franz meinte: „Die Polizei will ermitteln, wer den Wagen in die Pausenhalle gebracht hat. Und wenn die das rausbekommen, sind wir dran." „Halt mal.", erwiderte ich. „Du weißt, wir wissen, dass WIR die Treppe nicht kaputt gemacht haben, das war der Bauer." „Und außerdem, erst müssen die uns kriegen, wenn wir dicht halten, tappt die Polizei im Dunkeln." „Franz, denk mal nach. Der kleine Stinker, der uns beobachtet hat, erinnerst du dich? Der wird doch jedem, und wenn er uns nur eins auszuwischen will, weil er nicht mitmachen durfte, von uns erzählen." Ralf wirkte ratlos. Ihm ging das ganz schön an die Nieren, uns alle schockte dieses Ereignis. Unsere Schulklingel beendete die vorschulische Versammlung. Schülerinnen, Schüler und unsere Lehrer, sofern sie am ‚Tatort‘ und nicht schon in den Klassenräumen warteten, begaben sich in ihre Klassenzimmer. An einen geregelten Unterricht dachte niemand, unser Lehrer schüttete Bosheiten aus der Militärzeit über uns aus. Da konnte man froh sein, nicht erwischt worden zu sein. Er hätte sicher schweres Straflager beantragt. Unsere Mitschüler tuschelten hinter der vorgehaltenen Hand mit ihren Banknachbarn oder verschickten Zettelpost. Wir drei verhielten uns unverdächtig ruhig. Aus einem Fenster konnte ich sehen, dass zwei Polizeibeamte in Uniform, unser Direktor und der Bürgermeister das weitere Vorgehen miteinander berieten. Franz und Ralf, die in der Bankreihe vor mir saßen, stippte ich mit einem Finger leicht an und zeigte ihnen, nachdem sie mich angesehen hatten, mit einer zum Fenster weisenden Kopfbewegung, einem unmerklichen Schwenk des Halses, das Treiben vor der Schule. Wir waren nicht nur begossene sondern eingetauchte Pudel. Die Pause kam auch an diesem Morgen wie an allen Tagen zur gleichen Zeit, obwohl an diesem Morgen die Unterrichtsstunden kein Ende nehmen wollten und uns die Pausenuhr die Qual des Wartens dadurch zu verlängern suchte, jeden Sekundenschlag mindestens dreimal zu wiederholen, bevor der Zeiger die Zeit verstreichen ließ. Wir trafen uns mit den Pausenbroten im Schulhof, bissen und kauten, der Sprache entfremdet. „Wir müssen etwas unternehmen." unterbrach Franz unser Schweigen. „Und was, bitte?" Mir fiel es nicht leicht, meinen Gedanken in Worte zu fassen, nicht, weil mir solche nicht einzufallen drohten, sondern, weil deren Aussprache eine nicht abschätzbare Wirkung hätte zeigen können. „Also, hört mal zu." stammelte ich. „Wir müssen uns stellen. Angriff ist die beste Alternative." „Spinnst du? Und dann können wir den Schaden bezahlen. Mein Vater wird mir die Ohren langziehen. Und deiner erst." „Franz, ich verstehe dich, aber wir haben keine andere Möglichkeit. Die Polizei oder der Bürgermeister, die bekommen doch sowieso irgendwann heraus, dass wir das waren. Wenn wir uns stellen, können und müssen wir beweisen, dass wir die Treppe nicht kaputtgemacht haben. Dann ist der Bauer dran." „Und wie soll das gehen?" schaute mich Ralf ungläubig an. „Überleg doch mal, wie das gehen könnte?" Ohne eine Antwort abzuwarten, schilderte ich meinen Plan. „Wir haben den Wagen vor die Schule gefahren, wir haben ihn auseinandergebaut, wir haben die Teile in die Halle getragen und den Leiterwagen wieder zusammengesetzt. Haben wir etwas kaputt gemacht?" „Ich verstehe nur Bahnhof." blickte Ralf noch ungläubiger. Franz schien nachzudenken, aber so recht brachte er die vorgesetzten Brocken nicht zusammen. Ich half nach: "Dämmert es euch nicht? Soll ich das nochmal wiederholen? Wir bauen den Wagen noch einmal auseinander, tragen die Teile die Treppe .." „Ralf fiel mir ins Wort: „Du meinst, wir sollen das Ganze wie in der Nacht machen?" „Richtig. Und alle sollen zusehen, die Lehrer, die Polizei, der Bürgermeister. Und dann sehen sie, dass wir die Treppe nicht beschädigt haben." Unsere Stimmung hellte sich auf. „Und wie willst du das machen?", sah mich Franz nervös an. „Ich werde mit dem Bürgermeister reden, ich spiele doch mit seinem Sohn Fußball, und außerdem wohnt er ganz in unserer Nähe, der kennt mich gut." Meine Freunde blieben an ihrem Platz und ich ging mit pochendem Herzen in Richtung der Ortsoberen. Mein Versuch, mit dem Bürgermeister Augenkontakt herzustellen, gelang nach einiger Zeit. Ich wartete auf einen passenden Moment, um ihn anzusprechen. Dann hörte ich ihn zu seinen Gesprächspartner sagen: „Augenblick mal.", drehte sich zu mir und kam auf mich zu. „Max, du machst so ein belämmertes Gesicht. Was ist los?" „Herr Hemm, ich muss Ihnen was sagen." „Hat das was mit der Treppe zu tun?" Ach, wie fühlte ich mich in diesem Moment? Wie ein überführter Straftäter, den es galt im nächsten Gefängnis einzuliefern. Er zog mich von den anderen Teilnehmern weg und versuchte mich zu beruhigen. „Schieß los, es wird schon nicht so schlimm sein." Dann erzählte ich ihm unseren Streich mit dem Leiterwagen, warum wir das und wie wir das gemacht hatten und dass wir auf keinen Fall die Treppe beschädigt hätten. Zunächst schwieg er bedeutungsvoll, so als wüsste er noch nicht, wie er reagieren sollte. Dann, uns kam zugute, dass er den Bauern wegen Gemeinde-streitereien ebenso wenig leiden konnte wie wir, vielleicht aber auch, weil er sich daran erinnerte, welche Lausbübereien ihm in jüngeren Jahren eingefallen waren, klang es sehr entschieden. „Wenn das so war, wie du mir das geschildert hast, dann könnt ihr die Treppe nicht beschädigt haben. Der Bauer wird anderer Ansicht sein." Zur Verteidigung fiel ich ihm frech ins Wort. „Aber Herr Bürgermeister, wir können das beweisen!" „Wie beweisen?" „Wir machen das ganze vor Zeugen noch einmal, dann kann jeder sehen, dass der Bauer die Treppe kaputtgemacht hat." So verdutzt hatte ich unseren Ortsoberen noch nicht gesehen. Er schaute mich an, als würde ich ihm eine unglaubliche Geschichte erzählen. „Du bist vielleicht ein Spitzbub." Er winkte den Rektor zu sich. Erneut beichtete ich das Warum und Wie unseres Hexenstücks. Der Schulleiter, im Grunde ein besonnener

Mann, hörte geduldig zu. Nachdem ich geendet hatte, griff der Rektor den Bürgermeister leicht am Ärmel, ihm andeutend mir an ihrem weiteren Gespräch die Anwesenheit zu versagen. Beide strebten den Polizisten zu. Meine Freunde fragten wortlos und mit den Armen gestikulierend in meine Richtung, was ich lediglich mit unwissendem mehrmaligem Schulter-hochziehen beantwortete. Dann trabte die geballte Ortsmacht in meine Richtung. Sie waren ja von Natur und ihres Alters wegen größer als ich, je näher sie jedoch kamen, desto mehr hatte ich das Gefühl, ich würde sie mit den Augen eines auf dem Boden sitzenden Frosches beäugen. Unser Rektor, als Herr des schulischen Reichs, ergriff das Wort. „Wir haben uns besprochen und entschieden." Pause. „Die Treppe ist beschädigt. Die Reparatur muss von der Gemeinde bezahlt werden. Wir haben ein Interesse daran, den Schuldigen zu finden. Wenn ihr beweisen könnt, dass ihr die Treppe durch euer Hineinbringen in die Halle nicht beschädigt habt, muss es derjenige gewesen sein, der den Wagen abgeholt hat. Die Polizeibeamten sorgen dafür, dass der Leiterwagen morgen früh samt Bauer auf dem Schulhof steht, der Bürgermeister, einige Gemeinderäte, mein Vertreter und ich werden zusehen. Aber wir wollen wissen, wer noch daran beteiligt war, denn alleine hast du das ja nicht angestellt." Aus dem Frosch wurde allmählich wieder ein menschliches Wesen, eines das mit dem rechten Arm in Richtung meiner Freunde zeigte. Der Rektor zitierte sie mit seinem Zeigefinger zu uns. Mit hängenden Köpfen trotteten die beiden auf uns zu. Aber nachdem ihnen der Direktor sein weiteres Vorgehen erläuterte, hellten sich ihre Gesichter auf. Weitere Ausführungen erspare ich mir. Am darauffolgenden Tag zeigten wir unser Können. Nicht nur die Ortsmächtigen waren anwesend. Unsere Lehrer und unsere Schulkameraden wohnten dem einmaligen Ereignis bei. Die Lehrer standen in unmittelbarer Nähe des Geschehens und schüttelten teils mit Unverständnis, teils mit Achtung vor unserer Leistung ihre Häupter, unsere Schulkameraden johlten und pfiffen. Als der Leiterwagen in der Pausenhalle stand, stellte die Polizei fest, dass durch uns kein Schaden an der Treppe entstanden war. In der Zwischenzeit hatte sich der Bauer unbemerkt nicht vom aber vielleicht auf seinen Acker gemacht. Der Direktor ergriff das Wort: „Es ist festzustellen, dass der Transport des Wagens über die Treppe durch diese", er schaute zu uns mit grimmigem Blick, legte eine kleine Pause ein, um der Bedeutung seiner Sätze größeres Gewicht zu verleihen „durch diese Schüler nicht zu Schaden gekommen ist." Lautes Rufen und Schreien. Er gebot mit seiner ausgestreckten Hand Ruhe und fuhr, ein Lehrer eben, fort: „Gleichwohl muss allen hier klar sein, dass ein jeder bedenke, welche Auswirkungen unsere

Handlungen haben können. Euch Dreien rate ich für euer künftiges Leben, euer Tun strengstens zu überdenken." Was gesagt werden musste, war gesagt. Lehrer und Schüler verließen die Aula, während der Direktor uns anzeigte, stehen zu bleiben. Als wir alleine mit ihm waren, hörten sich seine Worte vertrauter an. „Dass ich euch vor allen anderen zurechtweisen musste, ist euch doch klar. Ich darf das nicht einfach so durchgehen lassen. Aber unter uns: Das habt ihr Klasse gemacht. Aber eine Strafe bekommt ihr trotzdem noch von mir." Wir blickten ihn erschrocken an. „Strafe?" „Aber klar, ihr baut den Wagen wieder auseinander und bringt ihn dem Bauern zurück."

Schlachtfest und Musik

Vor Wochen schloss sich ein Kreis, von dem ich nicht wusste, dass es ihn gab. Gläubige Menschen würden eine besondere Sternenkonstellation, andere eine schicksalhafte Begegnung darin erkennen. Weniger religiöse Menschen bezeichnen ein solches Ereignis als zufällig. „Mach's nicht so spannend." Auf einer Internetseite, einer Plattform für Musiker schrieb ich in der Suchmaske: Kontrabassist gesucht. In den wenigen Suchergebnissen fiel mir nur eine Anzeige direkt in die Augen. Einfach und schlicht formuliert las ich: Saxophonist und Gitarrist suchen Kontrabassist für eine Jazzformation. Es klang einladend und da ich Neuem im Bereich der Musik gegenüber aufgeschlossen bin, was ich über mögliche Veränderungen in meinem sonstigen Leben in Bezug auf die Position meines Lesesessels, die Aufbewahrung und Anordnung meiner Bücher, die Zubereitung meines Kaffees oder das Rezept meines Lieblingskuchens, Hefezopf mit Rosinen – und wenig Zucker – nicht gerade behaupten kann, bekundete ich per Mail mein Interesse. Der Gedankenaustausch zwischen Musikern, das Herausfinden, ob es Sinn macht, einen Probetermin zu vereinbaren oder gar daran zu denken, eine gemeinsame musikalische Zukunft zu planen, folgt einfachstem Frage-und Antwort-Spiel. Nick, der Gitarrist, erzählte, was er und sein Freund suchten und welche musikalischen Ziele sie hätten. Wir tauschten Musikwünsche aus. Ähnlich einer Kontaktbörse, bei der Haarfarbe, Größe, Alter und Freizeitgestaltung für ein erstes Zusammentreffen ausschlaggeben sind, werden bei Musikern die jeweils vorhandenen musikalischen Fertigkeiten ausgetauscht. Vor einem ersten Zusammenspiel sollte jeder Teil wissen, welche Musikalitäten zusammentreffen. Falsche Vorstellungen über das musikalisch Beabsichtigte und überschätzte Anpreisung der eigenen Leistung lassen die erste Probe zu einem unvergesslichen Ereignis werden.

Wer sein Instrument nicht in der vorgegebenen Leistungsstufe beherrscht, sieht sich unnachsichtiger Kritik gegenüber. In der Musik gibt es keine Gnade, wer nichts kann, wird entlarvt. Deshalb gab es zwischen Nick und mir klare und verständliche Ansagen. Was macht ihr? Was mache ich? Latin-Jazz, Bossa, Balladen, Swing, Jobim, Gershwin, Ellington, Miles. Ohne Schlagzeuger. Wir einigten uns auf einen baldigen Probetermin. Ich bot an, nach Kaiserslautern zu fahren. Drei Tage später las ich folgende Nachricht: „Sag mal, bist du in Seesbach oder Simmertal geboren?" Die Frage verwunderte mich, denn derjenige, der dies fragte, wohnte ja in der Nähe von Kaiserslautern und die genannten Orte liegen im Hunsrück. Es gelang mir nicht eine gedankliche Verbindung herzustellen. „Wer will das denn wissen?" „Der Saxophonist meint, deinen Namen zu kennen." „Ich bin in Simmertal geboren. Wie heißt denn der Saxofonist?" „Peter Kett." „Ich kenne nur einen Peter Kett. Er war der Metzger, der bei uns zu Hause für die Hausschlachtung zuständig war." „Peter ist SEIN SOHN." Ist diese Begebenheit dem Zufall geschuldet? Oder darf ich von einem schicksalhaften Ereignis sprechen? Ich kannte ihn nur aus den Erzählungen seines Vaters und auch nur, dass es ihn gab. Ohne die Hoffnung auf einen vertiefenden Austausch vergangener Erkenntnisse, zwischen den Ereignissen des Jetzt und des Früher lagen fast vierzig Jahre, weiß ich im Rückblick nicht, ob ich es überhaupt für überlegenswert hielt, einen Probetermin hundert Kilometer entfernt von meinem Wohnort wahrzunehmen, in der vagen Hoffnung auf eine neu zu gründende Formation. Die Rückblende in eine längst vergessene Zeit ließ mich aber innerlich funkeln und so vereinbarten wir für den folgenden Samstagnachmittag eine Probe. Viele Gedanken schlichen während der Zeit des Wartens durch meinen Kopf. Was hatte dieser Zufall für eine Bedeutung? War es überhaupt ein Zufall? Kannten wir uns überhaupt? Ich erinnerte mich nicht an gemeinsame Unternehmungen, ebenso wenig konnte ich mir ein Bild von ihm machen. Dann erinnerte mich Jackie daran, dass in einem Fotoalbum meiner Mutter eine Fotografie eingeklebt ist, die anlässlich eines Schlachtfestes bei uns zu Hause aufgenommen wurde. Einer großen Kiste im Keller entnahm ich vier alte, verstaubte Alben. Ich setzte mich im Schneidersitz auf meine Couch und blätterte Seite für Seite um. Im dritten Buch fand ich das Gesuchte. Unter dem Bild stand: Schlachtfest, 1. Februar 1958. Das Bild, schwarz-weiß, zeigte einen Metzger, zu erkennen an seiner weißen Schürze, einen älteren Nachbarn, einer der immer half, wenn man ihn bat, und meinen ältesten Bruder. Alle drei blickten geradeaus in die Kamera, neben ihnen das auf der Leiter ausgenommene, angeknüpfte Schwein. Sollte der Metzger auf dem Bild Peters Vater sein? Mein Bruder half mir bei der Zuordnung. Peters Vater schlachtete ein paar Jahre später bei uns zu Hause.

An einem frühen Novembernachmittag des Jahres 1967 kam er, die Segnungen des Wirtschaftswunders hatten unser Hunsrück-dorf noch nicht erreicht, mit einem Motorrad der Marke Herkules zu uns nach Hause. In einer dunkelbraunen Ledertasche verbarg er seine Arbeitsutensilien: Mehrere Ausbein-, Filetier- und Fleischmesser, einen Wetzstahl in einer ledernen Rolltasche, eine Metallbox mit Kunstdärmen, eine weiße Schürze aus Baumwolle, eine weißgelbe, beidseitig gummierte Metzgerschürze, geheime Gewürz-mischungen und mehrere Fülltrichter. Den großen elektrischen Fleischwolf hatte er so vor seinen Bauch geschnürt, dass er beim Fahren auf dem Tank seines Motorrades lag. Da das alljährliche Schlachtfest stets ein besonderes Ereignis war, tat es Tage zuvor das, was einem großen Ereignis nachgesagt wird: Es warf seinen Schatten voraus. Woran musste nicht alles gedacht werden? Mein Vater besorgte die von meiner Mutter in Sütterlin-schrift auf einem alten Umschlag notierten Gewürze, weißen und schwarzen Pfeffer, Majoran, Nelken und mehrere Knäul Metzger-schnur. Ohne besondere Kauferinnerung gehörte es zum guten Brauch, reichlich Getränke, alkoholische versteht sich, anzubie-ten, Bier und Korn. Zwei Kasten Export und drei Flaschen Dop-pelkorn brachte er mit, denn groß wird der Besucherstrom und noch größer der Durst werden. Meiner Mutter oblag es die für den Schlachttag erforderlichen Gerätschaften vorzubereiten: metallene Wannen, in die das Jahr über Wäsche eingeweicht wurde, Rührschüsseln für Kuchenteig, Kartoffelbrei oder Thüringer Kartoffelklöße, leere Wurstdosen mit Deckeln aus den Vorjahren, peinlichst gesäubert, Schürzen und Küchenhandtücher, frisch gewaschen und zur Erhöhung der Reinlichkeit heiß gebügelt, Schöpfkellen, Feuergabeln und gusseiserne Fleischzangen. Und das Wichtigste: einen frisch gebackenen Marmorkuchen. Peter, der den ganzen Tag mit Fleischwaren zu tun hatte, genoss vor der Verrichtung seines Handwerks frisch gebrühten Kaffee und mehrere Stücke des marmorierten Backwerks.

Auf der Fahrt zu Nicks Haus sah ich mich einem Wechselbad der Gefühle ausgesetzt. Zweifel am eigenen Können drangen in mein Bewusstsein. Genügen die erworbenen Fähigkeiten? Reicht meine Musikalität? Genüge ich den Ansprüchen der der Beiden, Nick und Peter? Trotz des Bewusstseins, dass es immer Bessere als einen selbst gibt, stirbt die Hoffnung, dass die anderen in einem einen guten Musiker sehen und dies anerkennend, wenn auch nicht buchstäblich, aber fühlend mitteilen, meist zum Schluss. Es wird sich zeigen, dachte ich. Weit mehr als die musikalische Erprobung beschäftigte mich die persönliche Konstellation, die Vorstellung, dass sich ein Kreis zu schließen versprach, gezeichnet von des Lebens Weite, eine nicht glaubhafte zeitliche und räumliche Verknüpfung.

Darf man ein Schwein den Mittelpunkt eines Geschehens nennen, dessen einziger Inhalt ist, sein Schweineleben zu beenden? Niemand soll glauben, dass es uns allen ein leichtes war, Abschied zu nehmen. Ja, Abschied nehmen ist der richtige Ausdruck. Unsere alljährlich aufgezogenen Haustiere, im Frühjahr als kleine Ferkel gekauft, waren stets ein Teil der Familie. Wir Kinder tauften sie. Die, von der die Rede ist, hieß Elsa. Auch vergaben wir nicht jedes Jahr die gleichen Namen, eine Elsa durfte nur jedes dritte Jahr im Stall stehen. An Mimi, Lissi und sogar an eine Adele erinnere ich mich auch heute noch. Der Stall wurde vor der Einbringung der Jungtiere, meist waren es drei, eines zum Eigenverbrauch, zwei zum Verkauf, mit heißem Wasser gesäubert und hernach, zur Desinfektion mit abgelöschtem weißem Kalk gestrichen. Den Boden belegte Stroh und Sägemehl. Unsere Schweine hatten ein schönes Leben. Täglich wurde ausgemistet, einmal in der Woche wurden sie im Freien, bei hellem Sonnenschein, mit einem milden Wasserstrahl abgespritzt, mit einer Rosshaarbürste gestriegelt und mit Stroh trocken gerieben. Wer jemals ein

Schwein leibhaftig vor Augen hatte und sich nicht zu fein war dieses Borstenvieh zu streicheln, hinter den Ohren, an der Bauchseite, unter der Schnauze oder an der Stirn, weiß, wie wohlig diese Zuwendung begrunzt wird. An Futter bekamen sie gekochte Kartoffeln vermischt mit Schroth, manchmal mit Kleie, hin und wieder auch Äpfel. Nahte das Ende des Tierlebens, beherrschte uns Fröhlichkeit aufgrund des Schlachtfestes, eines Brauches, der keine neuzeitliche Erfindung ist, sondern bis in die Antike reicht, in der Schlacht- und Opferfest verknüpft wurden. Wir zollten dem Tier achtungsvoll Respekt, dafür, dass es uns als Nahrungserwerb diente. Unser Schwein wurde nicht zur Schlachtbank gezerrt, mit Seilen und Ketten, es wurden auch keine Elektroschocker zur Wegbegrenzung verwendet, unser Schwein quickte auch nicht, wissend, dass es seinen letzten Gang antrat. Nein, dem war nicht so. In einem Metalleimer pendelten meine Brüder oder ich einen großen Kochlöffel von Außenwand zu Außenwand, für unsere Schweine immer ein akustisches Zeichen dafür, dass es was zu Fressen gab. Friedlich und in der Hoffnung auf einen Leckerbissen trottete Elsa hinter dem Eimer her bis zu dem Ort ihrer letzten Bestimmung.

Zehn Minuten vor dem vereinbarten Zeitpunkt traf ich vor Nicks Haus ein. Nur außerordentliche Ereignisse erkenne ich selbst für Verspätungen an, ansonsten entschuldige ich terminliche Ungenauigkeiten selten. Ich besah mir Nicks Haus, ein Kleinod aus einer vergangenen Zeit herüber gerettet, mit grünen Läden behangenen Fenstern und weiß verputzten, vom Wind und der Zeit verbogenen Wänden. Unschlüssig darüber, ob ich die richtige Adresse angefahren hatte, ich traue mir oft nicht, damit meine ich, mein Erinnerungsvermögen hat nachgelassen, und mein Denkapparat spielt mir manchmal Streiche derart, dass ich mir selbst nicht glaube, es sei denn, ich trage es schwarz auf weiß, also niedergeschrieben mit mir herum, stieg ich aus und klingelte an der Eingangstür. Ein junger Mann öffnete. Ich stellte mich kurz vor. „Hallo, ich komme zum Proben." Nach einer kurzen Begrüßung rief er seinen Vater, der sich bereits im Hausflur zeigte. Das musste Nick sein, dachte ich. Ich hatte recht. „Schön, dass du gekommen bist. Komm rein." „Ich hole noch meinen Bass." „Ok". Wie lang mein Kontrabass tatsächlich ist, bemerkte ich beim Eintreten. Die Menschen, die dieses Haus einst bauten, mussten ein Stück kürzer gewesen sein, denn mein Instrument konnte ich nur in waagrechter Lage in den Flur und danach in einen kleinen als Wohnzimmer dienenden Raum, in dem die Probe stattfinden sollte, einbringen. Ein idyllisches Ambiente umgab mich. Alte Fachwerks- und Stützbalken lagen unter der Raumdecke. Kom-

moden und Schränke aus einer Vorzeit, restauriert und der Raum-
höhe angepasst, zierten ein behagliches Inneres und ein Kaminofen heizte wohltuend ein. Dann trat Peter aus dem Nebenraum.
Seine Größe passte, seine Haarlänge nicht. Er konnte seinen Vater,
den Metzger, nicht leugnen. Beide stellten wir in einem ersten Be-
schnuppern fest, dass wir uns wohl persönlich nie begegnet waren. Peter erzählte mir, dass er acht Jahre jünger als ich sei und
dass er sich daran erinnerte, dass ich in der Umgebung als ein guter Musiker galt. Auch ich konnte mich an ein persönliches Treffen nicht erinnern. Es kommt mir auch sehr unwahrscheinlich
vor, denn als ich mich aus dem Ort verabschiedete, war ich neun-
zehn. Hatte sein Vater mir erzählt, dass sein Sohn ein Instrument
lernt? Ich weiß es nicht, schließe aber nichts aus. Als ich in Nicks
Wohnzimmer eintrat, standen ihre Instrumente bereits griffbereit
auf den Ständern. Dann sahen mir beide zu, wie ich meinen Bass
aus der Hülle nahm. Es ist für jeden, der nicht täglich einen Kontrabass zu Gesicht bekommt, ein faszinierendes Erlebnis, ein solches Instruments, groß und wuchtig, zu betrachten. Für mich ist
der Bass zudem das erotischste Instrument, denn wie beim Tan-
zen gelingt ein harmonisches Spiel nur, wenn man den Korpus an
seine Leiste anlehnt. Über unsere gemeinsame Probe, die für uns
alle mit befriedigend bewertet werden kann, bedarf es keiner weiteren Erläuterungen. Für mich sind beide sehr gute Musiker. Peter

spielt ein sonores Saxophon, in allen Lagen bestens gestimmt. Jedes seiner Soli klingt wohl durchdacht, kein wildes Abspulen erlernter Technik, jeder Ton scheint seinen Ursprung im Herzen zu tragen. Auch Nick beherrscht sein Instrument. Er spielt Harmonien vom Feinsten, mit wenigen Worten: einfach Klasse. Wie bei Musikern üblich, diskutierten wir über unsere Möglichkeiten, über unser Programm und Engagements.

Den Schuss habe ich nur entfernt gehört, entfernt insofern, als ich mir in der Küche mit beiden Händen die Ohren zuhielt. Mir war nie nach Endlichkeitszuckungen, es labte mich nicht, wenn die Tierseele entwich. Traurig ergab ich mich in die Notwendigkeit des Geschehens und verdrängte. Als Junge war ich unwissend nichtgläubig, dennoch nahm ich still entschuldigend Abschied. Hatte sich das Tragische beruhigt, lugte ich hinter der mit gespreizten Fingern vorgehaltenen Hand, mit einem Auge in Richtung des verendenden Tieres. Trotz meiner Empfindungen, ‚Ich-kann-das-nicht-sehen. Das-ist-so schlimm.', sah ich meiner Mutter zu, wie sie das Blut in einer Schüssel auffing, das das Metzgermesser, am Hals angesetzt, freigab. Rührend, nicht in dem Sinne, dass irgendwer, schon gar nicht meine Mutter, gerührt gewesen wäre, fing sie das Blut auf, und auch das nicht weil es ihr Freude bereitete, sondern weil es notwendig war, um ein

Gerinnen zu verhindern. Nicht auszudenken, wäre dies geschehen: Es hätte keine Blutwurst hergestellt werden können. Ihr Auftrag war es, zu rühren. Das Weitere war wieder reine Männersache. Starke Hände bugsierten die Sau in eine große Zinkwanne, übergossen sie mit heißem Wasser, entledigten sie ihrer Borsten, eine Rasur im Weitesten, banden ihre Hinterläufe an ein acht Zentimeter dickes und ein Meter langes Rundholz, befestigte sie an einer auf dem Boden liegenden Holzleiter und wuchtete sie, zweieinhalb Zentner schwer, in die Höhe, so als würde ein Maibaum aufgestellt, und lehnten sie an die Hauswand. Der Schlachter verrichtete sein Werk: Aufschneiden, Ausnehmen, Auskühlen.

.

Nach dem offiziellen Teil, ich möchte die Probe von uns dreien als solche bezeichnen, saßen wir im Wohnzimmer zusammen und plauderten über die weltlichen, uns prägenden Widerwärtigkeiten. Männer trinken Bier und reden, so glaubt doch jeder, wenn sie mit sich alleine sind, ausschließlich vom Trinken, von Fußball und über Frauen. Wir tranken Wein, sprachen über Musik, insbesondere, was wir in den zurückliegenden Jahrzehnten und in welchen Formationen musikalisch angerichtet hatten. Frauen kamen auch vor, aber nicht in der vermuteten Art und Weise, wir sprachen über die Verflossenen. Unsere Schicksale ähnelten einander sehr. Scheidungen, Frauen, die vergessen hatten, dass sie einst liebten, Frauen, die ihre Kinder ignorierten und Kinder, denen ihre Väter wenig bedeuteten. Sind es Musiker-schicksale? Künstlerbiographien? Wir konnten uns des Eindrucks nicht erwehren, dass wir alle drei nicht das große Glück gepachtet hatten. Nach einem guten weiteren Roten einigten wir uns auf einen möglichen Namen: Die ‚Gescheidigten'.

Während das Wasser im Kessel, der in der Vor-Waschmaschinen-Zeit zum Kochen von Hemden und Handtüchern diente, mit einem Durchmesser von neunzig und einer Höhe von achtzig Zentimetern durch reichlich Buchenholz und Brikett zum Sieden gebracht wurde, mir fiel die Aufgabe zu, den Brennstoffnachschub rechtzeitig aufzulegen, reinigten unser Hausmetzger und mein Vater die dem Inneren des Tieres entnommenen Därme. Dünndarm, Dickdarm, Magen. Zunächst schoben sie, mit einer Hand ein Ende fest- und in die Höhe haltend, mit Daumen und Zeigefingern, Handfläche dem Boden zugewandt, den im Inneren des Darms befindlichen Speisebrei dem anderen Ende zu, um diesen in einem großen Metalleimer zu sammeln. In einem weiteren, mit kaltem Wasser gefüllten Eimer, wurden die Därme einer nach dem anderen eingetaucht und durch Füllen mit Wasser durchgespült. Diesen Vorgang wiederholten sie solange bis aus den Därmen reines Wasser zum Vorschein kam. Nun war Warten angesagt. Der bestellte Tierarzt traf ein und begutachtete das Schlacht-gut. Erst wenn er seinen blauen Stempel auf eine Hinterbacke ge-drückt hatte, durfte weiter gearbeitet werden. Im Grunde kein banger Moment, aber da man nie wusste, welches Ergebnis seine Untersuchung ergab, begründete die Freigabe der Sau ein erstes Anstoßen, Doppelkorn und Bier. Das weitere Zerteilen erfolgte nach einem vom Metzger geplanten Verfahren. Hinterteile, Bein-knochen, Eisbein, Schinken, Rücken, Braten, Schnitzel, Kotelett, Schälrippen, Schulter, Braten, Innereien, Leber, Herz, Nieren, Kopf, Ohren, Schnauze, Hirn. Außer der Leber, den zum Einfrie-ren zugeschnittenen Fleischsorten, den für das Einsalzen portio-nierten Beinchen, Schälrippchen und Vorder- und Hinterschinken und Schwarte, wanderte in mittleren und kleinen Stücken zur Vorbereitung der Wurstproduktion in das siedende Kesselwas-ser. Eine wohlverdiente Pause, Doppelkorn und Bier. Unser Metz-ger lehnte dankend ab, der scharfen Messer und seines noch nicht erledigten Auftrages wegen. Er stärkte sich in der Küche meiner Mutter mit Kaffee und Kuchen. Den Ort wählte er mit Bedacht, denn ein einziger Kuchenkrümel oder etwas Zucker hätte nach seiner Ansicht die Wurst verderben können. Nach der Pause un-seres Metzgers entwickelte sich unsere alljährliche Schlachterei zu einem gelungen Fest. Die nächsten Nachbarn würdigten mit Lo-besworten das servierte Wellfleisch mit Sauerkraut, huldigten der zerteilten, den Einen zu mageren, den Anderen zu fetten, Sau, bedankten sich bei unserem Metzger für seine in großen Wannen aus Fleisch und Gewürzen sorgfältig gemischten und fein abgeschmeckten Wurstfüllseln für Leberwurst-, Blutwurst und Schwartenmagen, bedachten alles mit fachmännischen Kommentaren, ich-würde-noch-etwas-Pfeffer, vielleicht-mehr-Majoran, aber-nicht-in-den dicken-Darm, schlecht-zu räuchern und sahen mir zu, wie ich die beiden Nierchen, in kleine Scheiben geschnitten, in auf den Teller gestreutes Salz tupfte und mit größtem Genuss verspeiste. Den Abschluss unseres Schlachtfests sollte wie in jedem Jahr ein ganz besonderer Höhepunkt bilden: Eine neue Freundin meines Brüder, die in das Ritual des Schlachtens noch nicht eingeweiht war, übernahm unwissend die Opferrolle. Der Halsumfang der Auserwählten diente als Größenmaß für die herzustellenden Blutwurstringe. Peter füllte mit seinem Trichter einen Darm mit frischem Blutwurstfüllsel und umschlang den Hals des Mädchens blitzschnell mit dem glitschigen, mit Fett und Blutwurst bedeckten Wurstring. Ein besonderes Spektakel, das leider nicht allen gefiel. Den Einen zur Freude und der Anderen zum Trost floss zum Abschluss des Abends reichlich Bier und Doppelkorn. Jeder hatte seine eigenen Gründe: die trockene Luft, das fette Essen, der schöne Tag, so-jung-kommen-wir-nicht-mehr zusammen, wer-weiß-was-morgen-ist und zuletzt der zu vergessende harte Alltag, der so wie das Amen-in-der-Kirche alle nach überstandener Nacht erneut kommandieren würde. Peter packte am späten Abend seine Werkzeuge ein, erhielt von meinem Vater den vereinbarten Lohn, und verabschiedete sich.

Die Heimfahrt war angenehm. Die Autobahn war frei, der Kopf ebenso, hatte ich mich trotz einer gewissen Lust nach mehr, nach mehr Wein, zurückgehalten. Es war ein angenehmer Tag, ein Tag, der zwar keine besonderen musikalischen Höhenflüge gebar, der aber in einem anderen Sinn bereichernd wirkte. Ich hatte nicht meinen besten Tag. Am Instrument wirkte ich unkonzentriert, war Peter nicht konstant im Rhythmus. Später schrieb er mir dies. Ich maß dieser Bewertung nur insofern eine Bedeutung zu, als es mich in meiner Eitelkeit kränkte, denn ich halte mich für einen passablen Bassisten. Aber war das Zusammentreffen von uns beiden nur im Musikalischen wichtig? Nein. Ich halte es im Nachhinein für ursächlich, aber nebensächlich. Zu jenem Zeitpunkt arbeitete ich an meiner ersten Erzählung, dem Bändchen SONNENUNTERGANG. Da Peter wie ich in Simmertal geboren wurde und einige Zeit mit seinen Eltern dort gelebt hatte, erzählte ich, während unseres Rotweingesprächs am rotglühenden Kaminofen, von meinem kleinen Büchlein. Peter wollte sogleich wissen, was ich zu berichten gedächte. Als ich auf die Geschichte mit dem kleinen Rehkitz zu sprechen kam, strahlten seine Augen. Ohne lange Überlegung warf er ein, dass er sich an der Hand seines Großvaters sieht, wie sie beide das Haus des alten Peter aufsuchen, um das im Garten von mir und dem alten Mann aus dem Wald geretteten Kitz zu besichtigen. In der nachfolgenden Zeit, wir gingen alle unseren Tagesbeschäftigungen nach, entwickelte sich ein unregelmäßiger Nachrichtenverkehr. Manches Persön-liche erlaube ich mir nicht mitzuteilen. Nur so viel sei gestattet, nämlich, dass ich mich sorge und glaube, dass Peter und mich etwas verbindet, von dem wir beide nicht wissen, was es sein könnte. Es wurden Erinnerungen auf beiden Seiten aufgedeckt. Seine fast kultivierende Art, das heimatliche Sprachgut, den Hunsrücker Dialekt zu pflegen, nähren meinen Wunsch, das Thema Heimat auch weiter zu bearbeiten. Durch ihn wurden weitere Erinnerungen aufgedeckt, ich erlebe Vergangenes im Jetzt, als wären weder Zeit noch Welt, weder Leben noch Liebe in der Unendlichkeit meines Daseins zerronnen. Ich fühle Geschehnisse in mir, sie begleiten mich und leiten meine Wege. Sie gewähren mir Einblick in den Ort meines jungen Werdens, vergewissern mich meines Ursprungs und behüten mich vor Heimatlosigkeit. In einer seiner Nachrichten erzählte er mir, dass er meine Erzählung seiner Mutter zu lesen gab. Er meinte, seine Mutter hätte nie viel gelesen, aber mein Büchlein hätte sie brav studiert. Und wenig später erzählte er mir, dass sich seine Mutter ganz besonders an das sommerliche Unwetter erinnerte. Als der Apfelbach zu einem Sturzbach wurde und in Simmertal die Häuser überschwemmte, sei seine Mutter hoch schwanger gewesen. Sie habe mit ihrem dicken Bauch versucht, Gegenstände aus dem Keller zu retten. Die Nachbarn hätten sie zurückhalten wollen, weil notwendige Hilfe aufgrund der Wassermassen nicht anfahren hätte können. Und nach einer kleinen Pause fügte Peter hinzu: „Und am nächsten Tag kam ich zur Welt."

Liebe und Tod

Ein paar Wochen ist es her, da begab ich mich auf eine Reise in meine weit zurück liegende Vergangenheit, was nicht heißen soll, dass ich meine Heimat, im Weiteren den Soonwald und im Engeren mein Heimatdorf, in den letzten vierzig Jahren nicht aufgesucht hätte. Mehrfach jährlich folgte ich dem jedem Kind in den Ohren klingenden Verlangen, der Sohn möge sich doch des Öfteren zu Hause blicken lassen, stets mit dem Gefühl Mutter und Vater, wie auch immer das Verhältnis war, nicht gerecht werden zu können. Oft wurde ich als der verloren geglaubte Sohn benannt,

der zwischen seinen Besuchen ein zu gutes Stück Zeit verstreichen ließ, und wenn es gelang, dem eigenen zeitlichen Korsett
durch Beruf und Familie ein Mehr an Aufmerksamkeitstagen an-
zusammeln, blieb ich nicht lange genug, was mit den Worten
„Musst du schon wieder fahren?" bedacht wurde. Es soll nicht der
Eindruck entstehen, meine Eltern, nach dem Tod meines Vaters,
meine Mutter, hätten sich wortreich in mich hineingearbeitet, um
meinem Gewissen Last aufzubürden. Beiden genügte das Gewährte, selten entwich ihnen ein Wort des Tadels. Ich kann meinen Eltern auch nicht vorwerfen, sie hätten mich bedrängt. Allein
ich fühlte in mir Unbehagen, meinen Erzeugern zu wenig Anteilnahme und Vertrautheit geschenkt zu haben. Ich war dort, aber
auch nicht mehr. Nach langer Abwesenheit, ausgenommen die
turnusmäßigen Besuche, zuletzt bei meiner Mutter, bis ich sie einem Seniorenstift anvertraute, fuhr ich zu meinen Eltern ohne Bezug zu meinem Geburtsort oder dem Dorf und seiner Umgebung,
in der ich heranwuchs. Ich durcheilte die Straßen und Gassen, um,
kontaktscheu, dem Ziel, dem Haus am Ende der in den Soonwald
führenden Straße, näher zu kommen. Es lag mir nicht an Gesprächen mit Zeitgenossen, Nachbarn oder Schulkameraden. Mir
fehlte die Erinnerung daran, zu den jeweiligen Momenten nach
Hause gekommen zu sein. Ich besuchte meine Eltern! Vielleicht
empfand ich die Reise in eine weit zurückliegende Vergangenheit

deshalb so intensiv und erdnah, weil ich anstelle des sonst gewohnten Automobils meine nähere Heimat mit dem Fahrrad durchstrich. Als hätte das Schicksal die Dramaturgie geschrieben, rollte ich an einem Tag im Mai auf dem Schinderhannes-Radweg entlang, vorbei an Kastellaun und Pfalzfeld mit malerischer Abwechslung: abgelegene Bauernhöfe, weidende Rinder, historische Traktoren, neugrünende Wälder, saftige Wiesen. Ich war beseelt von dem Wunsch nach Erinnerung, einer Art Versicherung, dass ich hier vor langer Zeit schon einmal gewesen sein musste. Hatte ich in Kastellaun musiziert? Und wenn ja, zu welchem Anlass? Kirchweih oder Heimatfest? Oder Simmern? Der Heimatdichter Rottmann residierte dort im neunzehnten Jahrhundert als Stadtoberhaupt. „Ihr liewe Leit, ihr liewe Kinn, eich mächt kän Birjermeister sinn.", hat er in einem seiner Gedichte in Hunsrücker Mundart zum Besten gegeben. Ein anderes Stück, in Bezug stehend zu meinem ehemaligen Metier, führte unsere Jugendgruppe mit großem Erfolg auf. Das Stück heißt „Das Zeugenverhör". Hierin lässt Rottmann einen bäuerlichen Ohrenzeugen, in tiefstem Hunsrücker Dialekt, vor einem gebildet sprechenden Dorfrichter aussagen. Auch heute überkommt es mich, zum Entsetzten oder Erstaunen der Anwesenden, manchmal, die in mir vergrabenen Reime, zugegebenermaßen nicht vollständig, zu rezitieren. Heimat? „Du wirst doch jetzt nicht mit dieser unverständlichen Sprache loslegen wollen." „Warum eigentlich nicht? Bayrisch, Sächsisch und Pfälzisch werden im Fernsehen zum Überdruss kultiviert, wer kennt die Hunsrücker Mundart?" „Meinst du, das interessiert jemanden?" „Ich weiß es nicht. Aber auch, wenn es für niemanden von Gewinn sein sollte: Diese Sprache gehört zu meinen Wurzeln. Ein kurzer Dialog sollte erlaubt sein."

Richter:

Ihr seid berufen Zeugnis abzulegen, ich darf zu euch wohl das Vertrauen hegen, dass streng ihr bei der Wahrheit bleibt. Mit nichts verhehlt und nichts verschwiegt. Die zehn Gebote kennt ihr wohl, dass keiner fälschlich zeugen soll gebietet uns der Herr darin.

Zeuge:

Nau hal er emol a Keitsche in, Eich soll em saan, wat dat angeht, unn wat lo in de Biwel steht, dat wäs eich alles uff en Hoor, do war mei Vadder Mann devor. Der Iselskäpp, der dumme Kinn. De Hpiereschädel schlaan eich ach in wann der net auer Sätzjer lehrt.

„Es reicht." „Gut."

Einen weiteren Tag hatte ich nicht eingeplant, aber die Vorsehung entschied, der Geburtstag eines lieben Menschen gebot weiteres Verweilen, die begonnene Fahrt, die Reise zurück zu meinen Wurzeln, fortzusetzen. Ohne festen Plan, also ohne willentliche Festlegung der Route zog mich ein unsichtbares Band unweigerlich meinem Heimatort entgegen, dem Lauf des Kellenbachs flussabwärts bis zur Nahe folgend. Mit jedem gefahrenen Meter tauchte ich durch getrübtes Wasser hin zu klarem Quell. Die Töpferei in Königsau, einst ein Familienbetrieb für blau geränderte graue Steinguttöpfe für einzulegende Gurken, für Sauerkraut oder für Bohnen, gewährte eine erste Rast. Ich sah mich mit meiner Mutter den Laden betreten. Sie kaufte dort gerne ihre Küchenbehältnisse für Butter, Käse oder Honig ein. Ihr würde der Laden heute keine Freude bereiten, denn wenig Eigenes, dafür viel Flohmarkt- und Nippes - Gegenstände werden zum Verkauf angeboten. Was haben maritime Leuchttürme, niederländische Windmühlen oder afrikanische Großkatzen im Hunsrück verloren? Nichts. Und es verdarb mir nicht die heimatliche Stimmung. Die alte Römerbrücke in Kellenbach erzählte im Stillen meine vielmaligen Überfahrten mit dem Fahrrad. Hierüber führte meine Trainingsstrecke mit dem Rad meines Bruders, ohne Gangschaltung und viel zu groß. Ein Rundkurs von Simmertal aus startend über

Kellenbach, Weitersborn, Seesbach und zurück zum Ausgangs-punkt. Im nächsten Ort, in Heinzenberg, erblickte ich das Eltern-haus einer Schulfreundin. Deren Vater unser erster Hausmetzger war. Ihr Gesicht? Braune Augen? Braune Haare? Dann kam sie, die Heinzenberger Gemeinschaftsmühle. Beschämung umgab mich. Eine einst prunkvoll im Kellenbachtal arbeitende Wasser-mühle hatten die letzten Eigentümer dem Verfall preisgegeben. Der Zugangsweg, der gepflasterte Mühlenvorplatz, auf dem einst die Landwirte ihr Getreide, insbesondere Dinkel, Weizen und Ha-fer anlieferten, Gerste, wenn überhaupt angebaut, lieferten sie di-rekt an die nahegelegene Brauerei in Kirn, verbarg sich unter ei-ner naturgrünen Blumen- und Kräuterwiese. Nur vereinzelt schimmerten die in der Sonne glänzenden Köpfe der verlegten Steine aus dem grünen Teppich heraus. Im Mühlengraben, in dem das Wasser aus dem Kellenbach zum Mühlenrad abgeleitet wurde, bildeten sich im seichten Nass, um Steine und Holzreste herum kleine Biotope, Farne, Gräser und Wasserlilien. Durch Brennnesseln bahnte ich mir am Mühlengraben entlang einen Weg, um das Mühlenrad zu besichtigen. Da es vollständig um-mauert und die Zugangstür mit einem Vorhängeschloss gesichert war, blieb mir nur durch ein milchglasiges kleines Fenster in das dunkle Innere, die Hände an beide Schläfen gelegt, das Sonnen-licht abschirmend, zu starren. Das Mühlenrad schlummerte, seine

Holzteile sahen verwittert aus, teils zerbrochen und zerbröckelt. Sicher beherbergte das dunkle Wasser auf seinem trüben Grund lichtscheue Naturgestalten, Schnecken, Molche und der Dunkelheit angepasste Pflanzen. Meine Traurigkeit, ob des verlassenen Eindrucks, wollte nur langsam weichen. Den gedachten Fragen des ‚Wie kann man eine solche Verwahrlosung, ja Zerstörung zulassen?" stemmte sich ein „So ist eben die Natur." entgegen. Von der Straße aus betrachtet schien sich diese Natur, Bäume, Pflanzen und auch Tiere den brachliegenden Bau zurückzuerobern. Vögel schienen im Mühlenturm ein ungestörtes und geschütztes Zuhause eingerichtet zu haben, so fröhlich flogen sie. Sicher werden sie ihre Nistplätze im Oberstübchen eingerichtet und ihren Jungen täglich Nahrung gebracht haben. Soll uns ein solcher Anblick, eine solche Neuwerdung mahnen, dass trotz menschlicher Endlichkeit die Natur, auch uns, überleben wird? Sie erobert sich ihr Terrain zurück. Was für eine wunderbare Welt, welch eine ungetrübte Hoffnung! Kurz nach Heinzenberg gab eine lang nach oben reichende, mit reichlich gelblich weißem Geröll belegte Waldschneise den Blick auf Schloss Dhaun frei.

Als junger Mensch hegte ich den Wunsch, entgegen der damals üblichen Gepflogenheit, der freien Liebe nachzugehen, mit einem

Mädchen nur dann ‚das Kopfkissen zu teilen', wenn mir die große Liebe begegnete. Da Schloss Dhaun von meinem Wohnort nur wenige Kilometer entfernt und durch einen Waldweg zu Fuß in einer halben Stunde erreichbar war, besserte ich mein Taschengeld an den Wochenenden als Fremdenführer der mittelalterlichen Burg auf. Ich erzählte den Besuchern die Geschichte des Schlosses und zeigte ihnen die unterirdischen Gänge. Einen besonderen Eindruck, weil makabren Inhalts, hinterließ bei meinen Gästen die Erzählung über die „Eiserne Jungfrau", eine aufklappbare Rüstung in Frauengestalt, die auf den Innenseiten mit langen, scharfen Nägeln gespickt war. Der Hinweis, dass hier widerspenstige Frauen ihr Ende fanden, gegeben in einem unterirdischen schallenden Gang, der lediglich durch matte Fackeln beleuchtet war, verfehlte selten seine Schreckenswirkung. An einem Sonntag im Sommer 1971 entdeckte ich in meiner Besuchergruppe ein junges, hübsches und mich fesselndes Mädchen. Als ich sie sah, wusste ich, mein Warten hatte sich gelohnt. Meine Augen ruhten nur auf ihr, alle anderen vergaß ich, sie dienten unserer schüchternen Zweisamkeit als Statisten. Nur in ihrer Nähe wollte ich sein, meine Texte für sie sprechen und nur ihre Aufmerksamkeit erringen. Nach den Führungen spielte ich des Öfteren im Café am Schloss auf meiner Gitarre. Ich sang Schlager und Volkslieder, je nach der Zusammensetzung der Gruppen. Auch an jenem Nachmittag musizierte ich im Schlosscafe, da auch ihre Reisegruppe den Abschluss des Ausflugs feierte. Ich sang nur für sie, unsere Augenpaare trafen sich, aber mehr als ein zartes Lächeln gestatteten wir uns nicht. Als die Gesellschaft aufzubrechen drohte, übertölpelte ich meine Schüchternheit. Da sich alle nach Kaffee und Kuchen und vor der Heimfahrt die Müdigkeit aus den Beinen liefen, ergab es sich, oder soll ich sagen, ich sorgte dafür, dass es sich ergab, dass wir uns beide an der auf dem Schlossplatz aufgestellten, majestätisch in Richtung Tal zeigenden alten Kanone trafen. Als ich ihr in die Augen schaute, strahlte sie mich an. „Auf diesen Moment habe ich mein ganzes Leben gewartet, ich wusste, dass ich irgendwann ein Mädchen treffe, das meine große Liebe sein wird. Und dieses Mädchen bist Du! Als ich Dich zum ersten Mal gesehen habe, war es um mich geschehen, ich hab' nur noch Dich gesehen." „Ich hab' bemerkt, dass Du nicht bei der Sache warst. Ich hab' mich auch in Dich verliebt." Dann küsste sie mich. Ein Vulkan entlud sich. Mein Herz schlug nicht, es donnerte. Mein Magen rebellierte, krampfte. Unsere Lippenpaare saugten sich aneinander fest. Poseidon gleich, der allen Wind in seinem Göttermaul vereinte, um ihn orkanartig über dem Meer auszustoßen, sogen unsere Herzen unsere Adern leer, um sogleich das pulsierende Lebensrot durch unsere wankenden Körper zu schießen. Ein unendlicher Augenblick des Glücks, die Erfüllung meiner Lebenssehnsucht, unbedingte Leidenschaft. Tiefe Liebe empfand ich für sie. Der Tag ging schnell, zu schnell vorbei. Ein paar Worte zum Abschied, dass wir uns schreiben werden, dass wir uns bald wiedersehen müssen, die mit zitternder Hand auf einem Zettel des Kellnerblocks notierten Anschriften austauschend, schüchterne Verabschiedung der Eltern. Über die Wahl ihrer Tochter, so sie denn eine war, schienen sie zufrieden. Der Lastkraftwagenfahrer, der, weil er einen Fußgänger überfahren hatte nur einen Bagger bedienen durfte und die Hausfrau aus der Nähe von Kaiserslautern, wie ich später erfuhr. Beim Einsteigen in den Reisebus, gerne hätten wir uns ineinander verwoben, tauschten unsere Hände feuchte Zärtlichkeit aus. Während des Abfahrens berührten sich zwei durch Glas getrennte liebende Hände. Wer liebt, fühlt in Gedanken, fühlt des anderen Berührung in einem übersinnlichen Raum, dem Licht der Liebenden. Wie könnte ich mein Zurückbleiben, meine neue Einsamkeit beschreiben? Kann diesen Zustand irgendein Mensch beschreiben? Dieses den ganzen Körper schüttelnde Gewitter, das Donnern im Kopf, das Trommeln in den Adern, das Rumoren in den Därmen, das nicht steuerbare Lach –Weinen und das Aufsteigen des den Adamsapfel lähmenden Atems. Ich lief durch den Wald nach Hause, nein, ich sprang wie ein galoppierendes Pferd, überflog jeden noch so hohen Baumwipfel, schwerelos und dem Himmel zugewandt. Mein neues Leben begann mit meinem zweiten Ur-Schrei. An den frühkindlichen, der den Ruf nach Mutter und Vater zur Ursache hatte, der das Gefühl ein Baby zu sein hervorrufen soll, erinnere ich mich ebenso wenig wie daran, dass ich mich je als Kleinkind glaubte. Aber dieser zweite Schrei, mehr noch, diese in den Wald gesendeten Ur-laute, dieses die Stimmbänder betäubende Röhren, zeigte mir unausweichlich: Du bist ein Mann. Du liebst. Du lebst. Erschöpft kniete ich nieder, streckte meine Arme der untergehenden Sonne entgegen und dankte dem Schicksal für die mir erwiesene Gnade. Die ersten Tage nach diesem erlösenden Ereignis wollten nicht enden, täglich schrieb ich ihr einen Brief. Was schreibt ein achtzehn Jahre junger Mann seiner ersten großen Liebe? Es werden Sätze allerliebster Art gewesen sein: Ohne dich kann ich mir mein weiteres Leben nicht vorstellen, du bist meine Sonne, du bist mein Licht, du bist alles, wann werden wir uns wiedersehen, wann kann ich dich an mich drücken, fühlst du auch so wie ich, schreib mir, ich vergehe vor Sehnsucht nach dir, nach deinen Lippen. Bange Gedanken umgaben mich. Schreibt sie dir überhaupt? Hat sie sich einen Spaß gemacht? Nein, hat sie nicht, sie liebt mich doch. Oder nicht? Ich hatte Liebeskummer, ein körperlicher Jammerzustand. Das von Mutter gekochte Lieblingsessen schmeckte nicht, mir war schwindelig im Bauch, irgendwer tanzte und schlug Purzelbäume und ich schwitzte anstrengungslos. Von den seelischen Qualen vermag ich kaum zu erzählen, denn auch nach einem halben Jahrhundert fühle ich das verwirrte Spiel des NEIN, JA, DOCH, NICHT, UND WENN, ACH. Vier lange Tage musste ich ausharren, endlich kam die Erlösung. Meine Mutter nahm einen rosaroten Brief des Briefträgers entgegen und übergab ihn mir. „Jetzt weiß ich, warum der junge Mann keinen Hunger hat. Ein rosaroter Brief! Wer ist denn die Begehrte?" Ich riss ihr den Brief aus der Hand, sprang die Treppe hinauf und setzte mich glücklich zitternd an meinen Tisch. Ich öffnete ihn nicht sogleich, sondern strich mit den Händen über den Absender, ich führte ihn, tief einatmend, an meiner Nase entlang und vergewisserte mich IHRES Duftes, in der Nachbetrachtung eine verklärte Betrachtung eines Jung – Liebenden, dessen Hirnzellen emotional übersteuerten. Was schrieb sie? Was wünschte ich, dass sie schrieb? Der Inhalt eines einzelnen Briefes, auch nicht des ersten vermag ich nicht aus meinem Gedächtnis zu rufen, auch sie wird in treu-schönen Sätzen ihrer jugendlichen Gefühlslage Ausdruck verliehen haben. Und ich werde jedes ihrer Worte mit dem Herzen gewogen und meinem Lebenskonto, dessen Soll- und Habenstände Liebe, Zuneigung, Anerkennung, aber auch Ablehnung, Ausgrenzung und Abneigung selten im Gleichgewicht pendeln, für schlechtere Zeiten gutgeschrieben haben. Wehe den Menschen, die in der Not auf kein erspartes Glück zurückgreifen können. Was uns beide, in Wort und Schrift, beschäftigte, waren unsere Lebensumstände, die sich in achtzig Entfernungskilometern und in der Tatsache manifestierten, dass es zwischen unseren Wohnorten keinerlei öffentliche Verbindungen gab, weder Zug noch Bus. Ich tat, was heranwachsende Männer wohl tun, wenn ihnen das Herz übergeht: Ich plünderte mein in jahrelanger Kleinarbeit gefülltes Sparbuch, erwarb den Führerschein, schuftete umsonst vier Wochen in einer Autowerkstatt und erwarb einen mehrjährigen Renault R4 mit einem Tachometerstand von über 70.000 Kilometern zu einem Vorzugspreis, mein erstes eigenes Kraftfahrzeug. „Du wirst doch jetzt nicht die Geschichte deines ersten Autos erzählen wollen?" „Na Jackie, das wäre aber doch eine interessante Angelegenheit, oder?" „Sicher, aber du schreibst doch an einem anderen Thema." „Du hast Recht, aber der Gedanke, meinen R4 in den Mittelpunkt des Geschehens zu stellen, hat was." „Darüber kannst du dir ja mal zu einem späteren Zeitpunkt Gedanken machen. In den jetzigen Rahmen würden eventuell Anfang und Ende passen." „Den Anfang habe ich doch schon erzählt." „Nicht ganz." „Was meinst du?" „Dann denk mal nach, fast hätte sich das Thema Auto nach wenigen Tagen erledigt?" „Reichte mein Geld nicht, um das Auto zu bezahlen, ich meine doch, oder?" „Denk mal an die Probefahrt!" Probefahrt? Oh, ja. Nachdem das Auto fahrbereit auf dem Hof stand und seiner Zulassung harrte, meinte ein Lehrling meines Alters, die ‚Rote Nummer' anzubringen und eine kleine" Spritztour" zu unternehmen. Wäre Vernunft bereits damals ein bestimmendes Wesensmerkmal gewesen, womit ich nicht sagen möchte, dass ich mich dessen heute häufig, zumindest aber häufiger, bediene, hätte ich das Ansinnen abgelehnt. Aber: Der Gedanke begeisterte mich. In der Mittagspause, der Werkstattmeister saß in seiner Küche und genoss sein Essen, schraubten wir kurzerhand die Nummernschilder an und fuhren los. Wir hatten beide unseren Spaß, ich schaukelte das Auto mit kurzen Lenkbewegungen, links, rechts, auf der Straße entlang, bremste, gab Vollgas, schnitt Kurven, ein Halbstarken - Spaß eben. Dann bewegte sich eine Linkskurve und ein entgegenkommendes Fahrzeug auf uns zu, Treffpunkt Mittellinie, wer zuerst reagiert verliert. Ich verlor. Nach zwei heftigen Lenkbewegungen, die mangels ausreichender Erfahrungen alles andere als helfend zur Stabilisierung des Fahrzeugs dienten, fuhr ich mit dem rechten Vorderrad auf den geschotterten Seitenstreifen, lenkte, um diesem zu entkommen, scharf nach links, schlidderte schräg zur anderen Straßenseite, kontaktierte die Leitplanke, lenkte wieder nach rechts, was wenig half, rutschte, auf den zwei linken Reifen fahrend, mit der Karosserie in Augenhöhe auf der Leitplanke entlang. Alle Versuche, das Auto aufzurichten, misslangen. Nach wenigen Metern lagen wir seitlings, auf der Fahrerseite, auf der Straße. Mein erster Gedanke galt nicht meinen Auto, sondern meinem Mitfahrer. „Alles ok?" „Nix passiert." Dann schnell raus. Er öffnete seine in Richtung Himmel zeigende Beifahrertür, dann stiegen wir aus, erst er, dann ich. Keiner von uns beiden überlegte lange, was nun zu tun sei. Wir sprangen auf die andere Seite, bückten uns, packten am auf dem Boden liegenden oberen Rahmen an, schrien ein ‚Hau ruck', und stellten die Kiste wieder auf ihre vier Beine. Wir stiegen ein, ich startete den Motor. Der Wagen sprang an und wir fuhren zurück zur Werkstatt. Die äußeren Beschädigungen hielten sich in Grenzen, lediglich der rechte hintere Achsschenkel hatte einen Schlag abbekommen und war leicht nach innen verzogen. Wir weihten unseren Meister ein. Was blieb uns anderes übrig? Zu unserer Überraschung lachte er nur verschmitzt und bot uns seine Hilfe an. Ein langes Eisenrohr wurde gesucht, er setzte dieses unterhalb des Wagenbodens so an, dass er mit einer Hebelwirkung den Schenkel nach außen drücken konnte. Das war's. Einziger Langzeitschaden: Das Kugellager in der rechten hinteren Achse musste alle drei Monate gewechselt werden. Was habe ich mit diesem Auto alles erlebt! „Das ENDE?" „Ja, doch!"

Nach gefahrenen 50.000 Kilometern in anderthalb Jahren, nachdem Fahrertür und Motorhaube nur noch mit Draht zugehalten werden konnten, als ich das Stirnblech beim Bremsen in Richtung Motorblock trat, als sich die Halterung für den Fahrersitz vom Bodenblech löste, als sich im Winter Eisflächen unter den Fußmatten bildeten und letztlich, als nur noch der erste Gang eingelegt werden konnte, geschah mit meinem ersten Auto, mittlerweile schwarz-weiß-kariert angemalt, was mit einem jeden Wagen am Ende seiner Laufzeit geschieht: Es wird verschrottet. Seine letzte Fahrt musste mein R4, wie zu seiner Hinrichtung laufend; selbst bestreiten. Einen Kilometer von unserem Haus entfernt lag der örtliche und öffentliche Müllplatz. Bis zur offenen Grube fuhr ich ihn, nahm das Warndreieck und den Verbandskasten heraus, schraubte die Nummernschilder ab und steckte den Schlüssel ein, ein letztes wehmütiges Gedenken und ein zartes Tätscheln des Dachs. Dann löste ich die Handbremse und schob MEIN AUTO mit geöffnetem Fahrerfenster an die Absturzkante. In der noch führerscheinlosen Zeit besuchte sie mich im Beisein ihrer Eltern anlässlich eines Auftritts unserer Band, den Black Birds, in Burgsponheim. Das hatten wir telefonisch vereinbart, was allerdings nicht bedeutete, dass ihr Vater, ihre Mutter besaß keinen Führerschein, sie auch fahren würde. Aber sie war ja seine Prinzessin. Vier lange Wochen nach unserem ersten Kuss und unzähligen gefühlsgetränkten Briefen sollten wir unseren schönsten Tag erleben. Bereits um elf Uhr trafen sie ein. Als ich sie sah, mussten meine Kollegen das gerade begonnene Stück beenden. Ich stürzte von der Bühne, fiel fast über die auf dem Boden ausgelegten Boxenkabel, schritt, nein lief ihr, leicht gebremst der Eltern wegen, entgegen. Schüchtern nahmen wir uns in den Arm, bezeugten der Außenwelt gute Freundschaft und küssten uns sittlich wie zwei Geschwister. Bei näherem Betrachten hätte jeder leicht erkennen können, dass sich unsere Körperpartien unterhalb des Bauchnabels merklich und wenig sittlich berührten. Aber wer sieht bei solch unschuldigen jungen Menschen in diese spannende Region? Es bleibt auch heute festzuhalten, dass sich die Hüftpartie einer Frau mit dem Anhäufen von Lebensjahren verändert. Junge Mädchen bewegen ihre Hüften anders, wie soll ich sagen, drängender, anschmiegender, erotischer. Mag sein, dass sich der Beckenstand im Alter verändert oder, leider, die Bauchmuskulatur schwindet und sie wird von einer weniger balzfreudigen Habe-ja-schon-einen-Mann-Schicht oder einer Brauch-nicht-mehr-auf-meine-Figur-achten-Wölbung überdeckt. Sei es wie es sei, in der spannenden Region spannte es mächtig. Wir wären gerne allein gewesen, aber wir waren es nicht und sahen auch für uns kein unserer

Zweisamkeit dienendes Zeitfenster. Ihre Eltern, ich hatte sie natürlich gebührend höflich begrüßt, hatten sie doch meine geliebte Freundin zu mir gefahren und da noch ohne Führerschein, wusste ich auch nicht, dass ich diesen zehn Fahrstunden später bestehen sollte, also hätte es ja sein können, dass ich ihre Fahrdienste weiter benötigen würde, beobachteten uns interessiert, der Prinzessinnenvater leicht misstrauisch, die Angst aller Väter durchlebend, die befürchten ihr Ein und Alles an einen anderen Mann zu verlieren, die Mutter wohlwollend leidend, war sie sich noch nicht sicher, ob der von der Tochter Auserwählte, der Schwarm einer jeden zukünftigen Schwiegermutter zu werden versprach. Meine Musikerkollegen drängten auf ein baldiges Weiterspielen und beruhigten und trösteten mich mit dem Hinweis, dass wir um zwölf Uhr eine einstündige Pause einlegen würden. Ein Wunder sollte geschehen, eine ganze Stunde für uns beide. Oder nicht? Ließen uns ihre Eltern diese sechzig Minuten alleine? Artig erklärte ich ihnen den beabsichtigten Pausenrahmen und schlug vor, in dieser Zeit gemeinsam an einem der Bratwurststände zu essen. Maria schaute mich traurig an, ich sah ihr an, dass sie mit mir alleine sein wollte, ich zuckte leicht mit den Schultern. Was hätte ich auch anderes machen sollen? Gerade ausgezuckt, merkte ihre Mutter an, dass wir doch einen Spaziergang machen könnten, wir hätten uns doch so lange nicht gesehen. Sie vergaß nicht, ihren

Mann um Zustimmung zu bitten. Die Art der Frage ließ nicht auf Widerrede hoffen. „Das siehst du doch auch so, oder?" Mehr als ein Brummeln, das von allen als JA gedeutet wurde, vernahmen wir nicht. Sein Blick aber verriet, dass ihm nicht wohl war, seine sechzehnjährige Tochter einem neunzehnjährigen Mann ohne Aufsicht anzuvertrauen. Konnte er wissen, dass auch mir die Beine durchsackten bei dem Gedanken, mit Maria allein zu sein. Allein die Hoffnung, dass wir uns auf einem von vielen Menschen besuchten Waldfest befanden, gab mir Sicherheit. Niemand soll jetzt denken, ich hätte mir zu jenem Zeitpunkt die Unvermeidlichkeit des ersten gemeinsamen besonderen Erlebnisses vorstellen können. Wie auch? Ich war jungfräulicher als manche so betitelte Jungfrau, allein der Gedanke an die bei der Begrüßung empfundenen männlichen Regungen, ich erinnere an die beckengesteuerte Bewegung meiner Geliebten, schossen erneut Blut in Gegenden, die ansonsten merklich blutleerer waren und verursachten freudig ängstliche Männerphantasien. Freudig, weil, wie jedermann weiß, dieser Akt etwas Wunderschönes sein kann. Ängstlich, weil sich, mangels Erfahrung, das Wort Versagen in meinem Kopf breitmachte. Aber so weit waren wir noch nicht. Eine weitere Stunde musste der kleine Zeiger der Uhr um ihre Bahn gejagt werden. Stimmungslieder, Schlager und Obergreiner rechneten sekundenweise die restliche Zeit zusammen, Endlos-schleifen, als würden Sekunden, ohne zu verstreichen, wiederholt werden. Trotz meiner flehenden Augen, hatte mein Bandleader kein Erbarmen, und beorderte mich umgehend zur Bühne. Ihm machte es sichtlich Freude, mich leiden zu sehen. Er wusste, wie gespannt ich war. Dann endlich, nach dem letzten Lied, dem Gruß an Kiel, wobei ich im Nachhinein dieses Lied vom Wasser mit einem Waldfest in den Ausläufern des Sohnwalds nicht in Verbindung bringen kann, stellte ich meine Gitarre und meinen Verstärker ab und verließ, die Bühne mit aufgeregtem Herzen. Maria und ihre Eltern warteten seitlich. Sie beglückwünschten mich zu der tollen Musik und meiner noch besseren Stimme, Lob, das mir in all den weiteren vergehenden Jahren oft widerfuhr, was ich im Grunde immer genoss, verständlicherweise jetzt nicht wahrnahm, vielleicht dankend annahm, verharmloste, verniedlichte, denn es galt die Zeit bis zum Wiederbeginn zu nutzen. Wie lange eine Zeitspanne empfunden werden kann, hatte ich erst erfahren, wie kurz eine solche zu werden droht, vermochte ich mir vorzustellen. Ich ließ mich auf weitere Höflichkeitsfloskeln nicht ein, insbesondere auch weil Maria mich seit meinem Abstieg von der Bühne bei der Hand nahm, diese unablässig knetete, mal meinen ganzen Handrücken umspannend, mal alle Finger ineinander verknotet, Handballen auf Handrücken, Handballen auf Handballen, welche Positionen möglich sind, werden sich Liebende erfahren haben, und mir damit zu verstehen gab: KOMM JETZT. Ich ging mit ihr, Hand in Hand. Als wir uns an den Gästen des Festes vorbeistahlen, glaubten wir, alle starrten uns an, ließen nicht ab, unseren Weg zu verfolgen. Wie Diebe schlichen wir uns davon. Erleichtert näherten wir uns einer unberührten kleinen Waldlichtung. Maria wählte eine von einem großen Baum beschatteten und von Sträuchern und Blumen begrenzten Wiesenteppich aus, unschuldige Natur für unschuldig Verliebte. Sie nestelte an ihrem Rock, schüchtern und verlegen über das, was kommen sollte, von dem ich nicht ahnte, dass es kam, bat ich um Auskunft: „Was machst du da?" Natürlich ahnte ich, dass sie sich des Kleidungstücks entledigen wollte, im Prinzip nicht ungewohnt, denn meine Schulkameradinnen sah ich im Schwimmbad ja auch im Bikini. Hier war ich aber allein mit einem Mädchen, das ich liebte und das begann, sich vor mir auszuziehen. „Ich ziehe meinen Rock aus, damit wir nicht im Gras sitzen müssen. Oder stört dich das?" „Nein, nein", stotterte ich, „ist eine gute Idee." Sie entriegelte einen Hakenverschluss und zog den seitlich angebrachten Reißverschluss langsam nach unten. Ein solches Öffnen ist im Allgemeinen nichts Besonderes, täglich werden viele derartige Verschlüsse geöffnet oder zugezogen. Ihr erotisie-rendes langsames Öffnen, das knackend hörbare Bewegen des Schiebers über die zu öffnenden Kettenelemente, vernahm mein inneres Ohr und leitete dies zu Abteilung Paarungswilligkeit in meinem Hirn. Es klopfte an mehreren Stellen in meinem Körper: in meinem Kopf, in meiner linken Brusthälfte und etwas weiter unter in der Nähe meines Hosen-reißverschlusses. Während mir diese Empfindungen den Körper schüttelten, mich erwartungs-frohe, gleichfalls ängstigende, wer-weiß-schon-was-kommt, wie-es-wohl-geht-Gedanken erfüllten, hatte sie ihren Rock auf den grünen Teppich gelegt. Sie hatte sich bereits hingesetzt, ergriff meine Hand und zog mich zu sich. Auf ihrer linken Seite liegend sah sie mich, neben ihr auf beiden Knien niedergelassen, mit feu-rigen Augen an. „Komm, küss mich. Wir haben keine Zeit zu ver-lieren." Ihre zarte Hand griff in meinen Nacken und während sie sich auf den Rücken legte, zog sie mich zu sich, unser Atem traf sich, und zärtlich verspielt, so als würde ein Fohlen vorsichtig ei-ner dargebotenen Hand Speise schnuppernd entnehmen, lieb-koste sie meine Lippen. Zitterte ich? War mir schwindelig? Pochte mein Herz? Es wird von allem etwas gewesen sein, sie presste sich an mich, ich umschlang ihren Hals und drückte sie an mich, un-sere Münder verklebten und unsere Zungen spielten. Vorsichtig schob ich meine Hand unter ihre Bluse, geduldet tastete ich mich zu ihren Brüsten hoch, begleitet mit Seufzern der Begierde, wohligen Körperstreckungen und weiblicher Gegenleistung: Ich verspürte ihre Hand dort, wo ich nicht hoffte, eine Berührung empfinden zu dürfen. „Zieh deine Hose aus.", flüsterte sie in mein Ohr, entledigte sich ihres schützenden Stoffes und zeigte mir, als ich ebenfalls kleiderfrei neben ihr lag, den zu beschreitenden Weg. Heftige Zuckungen schüttelten uns, verkrampft hielten wir uns fest und ließen unserer Liebe Spiel freien Lauf. Ich empfand Pein, große Pein, weil meiner Liebe Spiel lediglich als eine Kurzfassung in der Begrifflichkeit der Kunst der Liebe zu verstehen war. Ich schaute sie an, mir war nach Entschuldigung zumute. Sie schien meine Gedanken zu erraten und kam mir zuvor: „Sag nichts. Ich liebe dich." „Aber, stammelte ich, „das war doch für dich bestimmt …". Sie legte ihre Hand zärtlich auf meine Lippen, schaute mich mit weit geöffneten, die Seele freigebenden strahlenden Augen an. „Du hast mich sehr glücklich gemacht. Mir zerspringt das Herz, denn ich bin die Frau, der du deine Unschuld geschenkt hast." Wir pressten uns noch einmal heftig ineinander und beeilten uns, Ordnung in unsere verstreuten Kleider zu bringen, denn ich vernahm die Stimme meines Bandleaders, der durch sein Rufen das Ende der musikalischen Pause und unseres pausenfüllenden Stündchens ankündigte. „Ich muss dich bald wiedersehen. Ich mache den Führerschein und kauf mir ein Auto." „Ja, das wäre schön. Ich will dich auch bald wiedersehen."

Friedhöfe sind mir ein Graus, im Allgemeinen, im Besonderen, überhaupt. Ich mied und meide sie. Vielleicht, weil mein Vater dergleichen in meinen frühen Jahren seiner gefallenen Kameraden wegen verlautbarte, vielleicht aber auch nur, weil mich dieser Ort, in Erinnerung an Vergessene, an meine eigene Endlichkeit erinnert. Zuweilen meinte ich Stimmen zu jung Verschiedener zu hören, die mir mein Leben neideten. Als würden sie mit ihren imaginären Händen meine Beine fassen wollen und mir zurufen: Warum lebst du noch. Makaber? Ich sagte bereits: Friedhöfe sind ein Graus. Meine Eltern hatten mir den Weg zu Friedhöfen erspart, Trauerfeiern erwiesen ihnen ein letztes Andenken, sie hatten sich für eine anonyme Bestattung entschieden. Als meine Mutter vor mir lag, Tag eins danach, als der Hauch des Himmels ihre Seele aus der Hülle strich und die Zeichnungen des Alters ihre Haut glättete, als sie sich nach langem Kampf, morgens begann sie schweratmend, festhaltend, krampfend, in sich grabend, so vermute ich, ihren Lebensfilm abspielte, wie dies von im Tode Liegenden, die es dann doch noch überstanden, berichtet wurde, von mir mit dem Ausstoß eines tiefen Seelenrufs verabschiedete, beendete das Schicksal einen weiteren Lebenszyklus, den meiner

Mutter. In den letzten Stunden vor ihrem absoluten Nichts leuchteten Bildfetzen auf, Zufallssequenzen aus dem Speicher des abgebildeten Lebens, keiner Ordnung fähig, weder nach Zeitpunkt, Dauer, Ereignis, Heiterkeit und Trauer. Das Vergrabene schleudert Lebens-momente in Kugelblitzen auf uns zu, öffnet die Außenhaut, gewährt sekundenlang Einsicht, fliegt durch uns hindurch und befreit das Sichtfeld für weitere Feuerbälle der Erinnerung. Wer weiß schon, was in eines jeden Leben bleibende Eindrücke hinterließ? Bedenke ich ihre letzten Lebensjahre und was sie in lichten Augenblicken versuchte mir mitzuteilen, verdichten sich ihre Erinnerungen auf Weniges. Der Weiher in Kusel, im Sommer zum Baden, im Winter zum Schlittschuhlaufen. Das Wochenendhaus ihrer Eltern im Baumholderer Wald, ausgelassen Karten spielende hemdsärmelige Väter und Onkeln, mit Näh- und Häkelsachen beschäftigte, sich angeregt unterhaltende Mütter und Tanten, Spießbraten und Kaffeeduft. Kaffeebohnen werden an ihr vorbei geschwebt sein. ‚En Schälchen Heeßen, aber siese muss er sein‘, rezitierte sie gerne eine sächsische Redensart. Die Jungmädchenzeit, der Arbeitsdienst, die Hauswirt-schaftslehre. Prüm in der Eifel. Das erste Treffen mit dem Frontsoldaten, dem sie drei Kinder gebar. Die Kanufahrten auf der Mosel. Die Geburt des ersten Sohns im Mai 1944, die Heirat im Oktober des

gleichen Jahres, die Beschreibung im Stammbuch, die Schmä-
hung, dass der geliebte Mann noch verheiratet war, die Annullie-
rung, das eingestellte Verfahren wegen Bigamie. Der Garten war
ihr alles. Erdbeeren, Gemüse, Kartoffeln, Äpfel. Da war sie glücklich. Trockenblumen, Gewürzsträuße, Webrahmen, Flickenteppi-
che, Kreuzworträtsel, Reader's Digest, Hundertjähriger Kalender,
Auswahlbücher, Hausarbeit, Pflicht. Nach einer mehr als acht
Jahrzehnte währenden Fron genügte ihr Geist nicht mehr den täg-
lichen Anforderungen. Gegen den massiven Widerstand der
Nachbarn – „DAS KANNSTE DOCH NET MACHE", „MA DUT
DOCH SEI MAMMA NET INS ALTERSHEIM" – fügte sich ihrem
inneren Rückzug ein Neuanfang an. Freude, kein Einkaufen, Ko-
chen, Waschen, Putzen, Rechnungen, Heizung. War sie glücklich?
Ja.   Sie   lachte   wieder.
Trotz meiner Abneigung sah ich mich den Weg zum Ort der Grab-
legung meiner Eltern beschreiten. Schmiede-eiserne Mahnung:
Gedenkt der Toten, vergesst die Lebenden nicht! Ohne den ein-
zelnen Gräbern Respekt zu schenken, suchte ich, den Blick ins
Weite gerichtet, als Schutz vor den vielleicht bekannten Hingeleg-
ten, das Gelände ab. Der Friedhof bestand aus vier Terrassen,
Grabplatte an Grabplatte. Beschwerlich stieg ich Treppe um
Treppe nach oben, vermutete den anonymen Beerdigungsplatz
auf der zuletzt angelegten Ebene, vorbei an der Einfriedungshalle

und gedachte zum ersten Mal meines Vaters, der hier vor der Einäscherung aufgebahrt war. Die letzte Treppe, kleiner Weg nach rechts, Grünfläche. Nun stand ich vor einem mit Steinkanten eingefriedeten rechteckigen Rasenstück, vier mal fünf Meter und betrachtete das messingfarbene Hinweisschild: ANONYMES GRABFELD. Instinktiv nahm ich die in Millionen von Jahren geübte Demutshaltung an, zu allen Generationen und in allen Ländern gleich, Kopf leicht gesenkt, Augen starr nach vorne gerichtet, Rücken gebeugt, die Hände leicht unter der Nabelhöhe zum Gebet gefaltet. Jedem anderen Besucher - kann man Tote besuchen? - wird mein Verhalten als schweigendes Gedenken nahe gewesen sein. Nur gut, dachte ich, dass es – noch nicht – möglich ist, meine Gedanken zu lesen. Denn diese hätten ältliche Mütterchen schleunigst ein banges Gebet zu ihrem Gott sprechen lassen. Mein zur Schau gestellter Schein trog, innerlich stellte ich mir bedeutungsvolle Fragen. Was mache ich hier? Wenn ich ein ungläubiges Vater-Unser spräche, wem nützte dies? Mein Vater lag hier, nein, seine Urne wurde vor vierzehn Jahren von einem Gemeindearbeiter unter der Grasnarbe vergraben und ich hatte bis dato nie den Wunsch, ihn zu besuchen. Meine Mutter wurde vor etwas mehr als einem Jahr hier bestattet, bei ihr fühlte ich eine innere Verpflichtung, vielleicht sind uns die Mütter näher, vielleicht liegt es daran, dass uns unser Bewusstsein mit dem Verlust des letzten

Elternteils schonungslos unser einsames Verlassen - Sein in der Welt vor die Füße wirft. Wir bleiben wohl immer Kinder, ohne unsere Eltern Verlassene, in jungen Jahren dazu hilflos, in späteren Zeiten dem Alleinsein ausgesetzt. Nun stand ich also vor meinen Eltern, faltete die Hände in Bauchnabelhöhe, neigte meinen Kopf leicht nach unten, hielt aber meinen Rücken aufrecht, so viel Demut wollte sich dann doch nicht einstellen, insbesondere weil ich mich ein ungläubiges VATER UNSER murmeln hörte. Ungläubig, weil mir die Dreifaltigkeit des Glaubens einfach nicht zugänglich ist, ich mir einen VATER im Himmel nicht vorstellen kann und weil der Ort Gottes seit Galileis ,Und sie dreht sich doch.' abhanden gekommen war. „Jetzt kommst du aber so richtig in Fahrt, was?" „Wie meinst du das?" „Na, ich weiß doch, dass dich das Thema Gott und Glaube beschäftigt." „Da hast du Recht, Jackie, aber wem sage ich das." „Dabei wolltest du vor langer Zeit Pfarrer werden!" „Ich denke, es ist gut für alle, dass ich es nicht wurde." „Lass den Menschen ihren Glauben. Was haben sie sonst?" „Du weißt es ja, ich freue mich für jeden Menschen, dem der Glaube Halt und Sinn gibt, aber seit der Aufklärung sollten wir ein Stück weiter sein." „Für philosophische Studien ist jetzt kein Raum. Kants Definition passt nicht." „Gut, lassen wir das." Wir ließen es gut sein. Ich ließ ab von derartigen Gedanken, im

Angesicht der Eltern Grab, die sich um derlei nie kümmerten. Warum sollte ich sie jetzt damit behelligen? Wie ich schon sagte: Ich hatte die Hände in Nabelhöhe zum Gebet gefaltet, hielt meinen Kopf leicht gesenkt, merkte dass sich auch mein Rücken etwas beugte und schloss unwillkürlich die Augen. Ich mühte mich, der Situation gerecht zu werden. Es überliefen mich kalte und heiße Schauer. Meine Kopfhaut spannte und entspannte sich ruckartig. Mir wurde heiß und kalt. Ich fragte mich erneut: Was machst du hier? Dann sah ich meine Mutter auf dem Totenbett, deren Haut, faltig und mit rötlichen Flecken übersät, im Moment des letzten Hauchs, wäre ich gläubig gewesen, hätte ich dies der entweichenden Seele zugordnet, eine weißgelbliche Reinheit zeigte. Ich sagte meinem Vater, ich nannte ihn den Alten, den Tyrannen, meine Meinung, wie man das wohl so auszudrücken pflegt, dass er mich als Mädchen ausgab, das ich hätte nach drei Jungen werden sollen, und dass mich das ein ganzes Leben lang verfolgt hätte, meiner weiblichen Seite und meiner tiefgründigen Gedankenwelt wegen. Dann sah ich ihn mit seinen alten Armeehosen und Hosenträgern im Garten bei der Arbeit, wie er den Boden bereitete für die Versorgung seiner Familie mit Nahrung. Ich sehe ihn auch auf der Gartenmauer sitzen, eine Zigarette rauchen, die Bierflasche in der Hand, und ich sehe mich, Blondschopf von drei Jahren, wie ich aus einem großen Eimer mit einer Schöpfkelle Wasser

in große und kleine Behältnisse, Becher, Ton-Töpfe und Vasen rie-
seln lasse, um sie sodann wieder in den großen Eimer zu entlee-
ren. Ich sehe meinen Vater an Weihnachten Geige spielen, auch
Mandoline, Tuba und Schlagzeug hatte ich ihn, unter Alkohol stehend, spielen hören. Ich zürnte mit ihm, weil er mich kein Instrument lernen ließ und mir den Weg zum Musiker verbaute. Ich
sehe aber auch seine Liebe, die nur ganz tief in ihm steckte. Eines
Tages fragte er mich, sechs Jahre alt, was ich denn einmal werden
möchte. Als ich antwortete MUSIKER, gab er mir zur Antwort,
dies sei ein Hungerberuf, sein Onkel hätte die Kartoffeln aus dem
Schweinetrog gefressen. Ich sprach von seiner tiefen Liebe: Er
spielte nie mehr Geige. Ich haderte mit meiner Mutter, die für
mich nie richtig Zeit hatte, weil sie einen Haushalt für vier er-
wachsene Männer zu führen hatte, Waschen – ohne Waschma-
schine, Bügeln – mit dem Plätteisen, Putzen – mit dem Schrubber
, Kochen – auf dem Kohleherd, und dennoch fühle ich, wie sehr
sie sich für mich interessierte und wie sie mir das Wenige, was sie
hatte, gab. Bücher, Gedanken und Anteilnahme. Die Tränen, die
ich hätte weinen sollen, weinte ich später. Noch einmal faltete ich
meine Hände, senkte meinen Kopf, beugte meinen Rücken und
sprach demütig und in diesem Moment gläubig und ohne gedankliche Unterbrechungen jedes Wort des VATER UNSER. Ich
verbeugte mich leicht und nahm Abschied.

Zeitfracht Medien GmbH
Ferdinand-Jühlke-Straße 7
99095 Erfurt, Deutschland
produktsicherheit@kolibri360.de